O —

editora Urutau

rua do cajú, 478,
jardim das cerejeiras
06724-015
cotia-sp (brasil)

avenida peirao besada, 6 – 2D
36163 poio-pontevedra
(espanha)

[+34] 644 951 354 [espanha]
[+55] 11 9 4859 2 426 [brasil]

www.editoraurutau.com.br
contato@editoraurutau.com.br

[EDITORA]
debora ribeiro rendelli
[REVISÃO]
juliana palermo
[PROJETO GRÁFICO]
wladimir vaz
[COORDENAÇÃO GRÁFICA]
tiago fabris rendelli
[DIAGRAMAÇÃO]
victor h. azevedo
[CAPA]
victor h. azevedo, sobre fotografia de george pagan III

dados internacionais de catalogação na publicação (CIP) de acordo com ISBD

laet, bruno
L158c chuva oblíqua / bruno laet. — cotia : urutau, 2022. 148 p.; 13cm x 19cm.

ISBN 978-65-5900-258-0

1. literatura brasileira. 2. prosa. I. título.

CDD 869.8992
2022-1201 CDU 821.134.3(81)

elaborado por vagner rodolfo da silva - CRB-8/9410

CHUVA OBLÍQUA

BRUNO LAET

[primeira edição]
URUTAU
maio de 2022

sumário

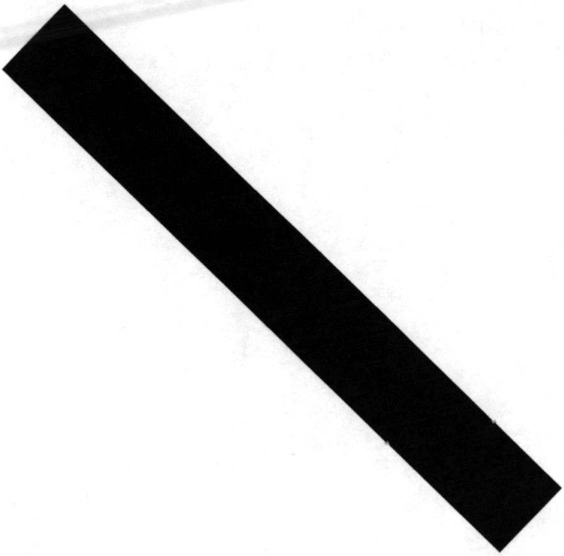

A perda de algumas vidas ocasiona luto; de outras não; a distribuição desigual do luto decide quais tipos de sujeitos são e devem ser enlutados, e quais tipos não devem; opera para produzir e manter certas concepções excludentes de quem é normativamente humano: o que conta como uma vida visível e como uma morte passível de ser enlutada?

JUDITH BUTLER,

PRIMEIRA PARTE
CORINA

Taipei, 1924. Minto. Uma cidade imersa em névoa, 2026.

Duas da tarde. No momento, Corina tem o corpo perfurado pela fria lâmina de uma baioneta da República Velha. O sangue grosso que lhe mancha a roupa escorre pela virilha, gelando-lhe as pernas. Apesar da música que irradia dos fones de ouvido, consegue ouvir o arrastar de pés abrindo caminho por entre a turba inerte. É o Peregrino, sobrevivente e ferido, cambaleando pela oitava vez seguida sem direção, agarrando suas entranhas já ávidas para escaparem pelo ralo aberto em seu estômago vazio. Ele cai desfalecido, quase ao seu lado. De olhos fechados, Corina imagina ouvir a respiração densa do farsante em contratempo com a música. Enquanto tolera o alongado tempo dramático do ator em close, Corina pensa na vida, na sua própria (r)existência e crê, definitivamente, que já ultrapassou todos os limites.

A ordem do diretor para cortar a cena. No set de filmagem que imita o interior de uma igreja em ruínas, a multidão de caboclos mortos (ou, se assim preferirmos, de figurantes, trabalhadores informais de classe média baixa cobertos de farrapos feitos de pano sujo, tingidos por uma combinação de pó de café e Viochene canela, cozidos no chá de cebola) se remexe, coçando o nariz ou checando as mensagens mornas no celular. Antônio Conselheiro, figura de altivez rotunda e configuração esquelética, já menos morto ao lado de Corina, acende um cigarro San Marino Filtro Branco, deitando de barriga para cima. Bafora com potência, apesar dos pulmões ressecados pelo inexistente sertão baiano. Vira o rosto e se encontra com o dela. Fala com uma malícia sem sotaque.

— Que te parece a temperatura do ar?

A música e os olhos fechados ainda parecem, para Corina, um refúgio seguro e um álibi convincente.

— Tá frio... não tá frio?

A troca de olhares se revela inevitável. Ela abre os olhos.

— Aquilo que te falava antes, lembra? Retiro tudo, letra por letra. Não foi assim em Chicago, não foi assim... Eu estou morrendo de frio. Não quero que pense que...

Corina balança a cabeça num sim lacônico enquanto aumenta o volume da música até o quase incômodo. Pensa enquanto olha aquela figura pseudoensanguentada, baforando fumaça. *Os mortos são difíceis de agradar...*

Ela não se importava com as palavras que ele, entre uma tomada e outra, já tinha lhe dirigido. Sendo conduzida pela música que escutava, sequer lembrava quantas vezes o diretor repetira aquela mesma cena. Ela olha no relógio. Duas e meia. Ainda tem cinco horas de labuta antes da reunião.

* * *

"...Periandro, Sócrates, Sêneca, Catão, Demóstenes, Cleanto, Zenão, Jocasta, Montezuma, Qu Yuan, Robespierre, Napoleão, General Kanehira, Kato, Kawabata, Kentarô, Yukio Mishima, Sir Palin, John Berryman, Hitler e Eva, Himmler, Goebbels, Van Gogh, Rothko, Cobain, Sylvia Plath, Virginia Woolf, Chatterton, Debord, Hemingway, Mayakovski, Quiroga, Arenas, o capitão Oates, Cesare Pavese, Sir Percy, Santos Dumont, Iessienin, Zumbi, Getúlio Vargas, Tchaikovsky, Allende, Fassbinder, Parra, Turing, Cleópatra, Allan Poe, Nero..."

Os nomes se chocam uns com os outros. Entram em ritmo marítimo nos ouvidos de Corina como uma banda marcial de algas marinhas e estrelas-do-mar, cada nome marchando, tuk-tuk-tuk, para dentro de sua cabeça, soando como uma ária improvisada em *surdo-style*, enquanto ela, fone nos ouvidos, sobe as escadas do que antes fora o velho edifício da Assembleia Nacional. Às sete e meia da noite, completamente ensopada pela chuva, Corina abre sem bater a última porta no fim de um corredor, saindo em uma pequena antessala. O recinto é anguloso, criando uma falsa impressão de profundidade. Por detrás de uma mesa, mais afastada do que a ilusão da sala faz parecer, uma secretária mal nota sua chegada. Tem as pantufas largadas no chão e os pés soltos nas meias.

"*... Existem também aqueles que, não dando o nome verdadeiro, se escondem em personagens fictícios: Werther, Anna Karenina, Ophelia, Emma Bovary, Edna Pontellier, o inspetor Javert, Romeu, Julieta, Incandenza...*"

Corina ignora a secretária e, deixando um rastro de passos molhados pelo carpete, atravessa o recinto para assinar uma lista de presença afixada na parede. Abaixo da lista, uma grande bancada de madeira sustentada por cavaletes comporta diversos folhetos do Clube, uma cafeteira, alguns poucos jornais populares, uma prancheta com cópias do formulário de adesão, além de um equipamento completo de bingo com um globo zincado de cem números. Ao seu lado um pequeno, mas sólido, cofre de cobre que lembra a Arca da Aliança em miniatura. Quadros abstratos envelhecem nas paredes ao lado de notícias e fotos de personalidades extravagantes e de um enorme mural de alfinetes, onde fofocam horários, eventos, aniversários...

"*...Septimus Warren Smith, Lily Bart, Aida, Ajax, Antígona, Richard Brown, Brunnhilde, Cio-Cio San, Gilda, Gioconda, Hatsumi, Ivanov, Kizuku, Macbeth, Naoko, Othello, Smerdyakov, Tosca, Sibyl Vane...*"

Corina se aproxima da cafeteira para se servir. O café é sempre o caminho mais curto para a manutenção do vício. De qualquer vício. *É evidente, mesmo quando frio,* pensa.

Afasta o cabelo molhado do rosto, pega o bule e seu olho lacrimeja, coçando. Uma areia desprendeu-se da marcha, dos pés rugosos de alguma estrela-do-mar, e caiu em seu olho. Do bule ainda em sua mão, uma gota negro-amarronzada de café frio se desprende impossivelmente em caminho contrário à gravidade, lenta, escorregando bule acima, até atingir a borda, alongar-se como um fio de tinta negra e pingar para cima, manchando o teto da sala de forma grosseira, como um haikai ocidental. Ainda coçando os olhos, Corina observa a pequena mancha recém-formada no teto. *Parece uma mariposa esmagada.* Corina nota que outra gota parece tentar seguir o mesmo caminho da anterior, subindo pelo bule e enroscando em sua mão. Assim que a gota chega à ponta do dedo em riste, prestes a ascender aos céus, Corina interrompe a fuga, lambendo a improvável desertora.

***

São dezesseis pessoas dentro do grande salão de pé-direito altíssimo, Art Nouveau onipresente, fruto de uma colonização amargamente passiva-agressiva, próxima demais no tempo e que decorava o centro da cidade com aquela impressão nojenta de movimento decadente. Era tão alto que poderia chover ali dentro se, por alguma razão alquímica, fosse necessária a gestação de um meio ambiente próprio (e era isso, um meio ambiente próprio e estável, o que cada uma dessas pessoas buscava ali). O pé-direito comportaria qualquer extravagância da natureza, qualquer alteração brusca da ordem natural das coisas, bastaria que dele se quisesse dispor. Do lado de fora, as ruas desertas de uma grande cidade imersa em uma neblina incomum. Chove há três meses, na maioria das vezes fina, raramente caudalosa, mas ininterrupta.

Semana passada eram treze: de lá para cá, quatro novos integrantes e uma baixa, ou alta, diriam alguns. No final da semana acabaria o Clube com quinze. Quinze humanos formando uma fauna diversa e intrincada. Corina não sabia os seus nomes, embora tenham sido mencionados dezenas de vezes (sempre foi dominada pela sua memória visual, mesmo depois de anos poderia identificá-los facilmente em uma foto de jornal ou em uma maca de necrotério). Dos rostos mais marcantes destacam-se um simpático grupo de anões, reunidos por afinidades inconfessáveis, uma matrona italiana que, por convicção profunda, usa as reuniões como terapia ocupacional e um velho hippie reformado com quem, dentre todos, Corina sente a maior afinidade (ele não lembra seu pai, ou seu avô, nem seu irmão).

Ela está parada ao lado da porta, virtualmente invisível como sempre — sua posição mais confortável —, só abdicando dela quando alguém, por acaso, percebe sua presença. Aí toda a qualidade de invisível se perde e sua existência é alardeada para si mesma. Só depois desse momento é que se sentava e olhava ao redor, para todas aquelas pessoas, sempre com um resquício de surpresa. *É incrível que isso dê certo*, pensa.

Do lado oposto da sala, um quadro negro ocupa de ponta a ponta a extensão da parede. Bem à sua frente, uma figura preside a sessão, envergada sobre uma tribuna improvisada. Assemelha-se a um gordo e astuto viajante, daqueles que se empolgam ao relatar todo e qualquer incidente de uma jornada, por mais ínfimo que fosse. O discurso corre solto.

— ... a calha da janela, a sala de vídeo que está com infiltrações horrendas, a parede do hall já está descascando novamente...

— É a umidade — retorque a matrona italiana —, do jeito que o tempo está não temos como discutir com a umidade. É ela quem manda e ponto.

Aos poucos confortável, como que entrando em uma banheira quente e perfumada, Corina tira os fones de ouvido que ainda desfiam nomes, nomenclaturas, hipóteses... O movimento chama a atenção de Baltazar, o sagaz viajante, descortinando definitivamente a invisibilidade de Corina e autorizando-a mentalmente a ocupar o seu lugar por completo. A jovem se espraia na cadeira ficando à vontade, a água da banheira chegando até o pescoço, enrugando lentamente as pontas de seus dedos. Ela tira o seu gravador portátil de dentro da mochila e o posiciona de modo a privilegiar quem estiver discursando na tribuna. Logo, um voluntário lhe entrega o carnê da prestação mensal. Como estipulado no primeiro estatuto, que agora já se encontra na sétima versão, cada membro coopera com uma quantia mensal em dinheiro, o valor variando de acordo com a sua própria consciência. Além dessa contribuição, uma ex-caixa de bombons, colocada ao lado da porta desde o primeiro dia de vida da organização aceita doações extras, com a diferença de que, com relação àquele dinheiro, qualquer um podia dispô-lo como bem entendesse, engordando a caixinha ou retirando dela o quanto necessitasse.

— ... as lâmpadas queimadas do corredor...

— Ora essa, Baltazar! — interrompe novamente a matrona. — Mas elas foram trocadas mês passado! Eu mesma estive aqui, fora de sessão, sabe-se lá como, não é tarefa minha e tenho meu galgo doente, não posso deixá-lo sozinho assim, sem uma séria motivação, se lhe pega um ar frio desses de agora, chego em casa e o cão está duro, gelado... As lâmpadas, o homem garantiu que são as mais duradouras do mercado, três mil cliques.

— Foram trocadas as do salão. As do corredor, incluindo a escada, estão queimadas desde o começo do ano.

— Nunca senti falta dessas lâmpadas — quem fala agora é o rapaz da terceira fileira —, foram acesas alguma vez? Aqui é sempre tudo muito escuro, nunca se vê nada.

A matrona duplica a investida, animada com o súbito apoio. — Lâmpada por lâmpada, acho muito mais útil trocarmos os capachos da entrada. Com esse tempo, eles se desgastam muito mais rápido...

Corina, distraída em seu banho, fazendo bolhas com o sabão que desprende de sua mão, fixa os olhos no quadro negro atrás de Baltazar. Ocupando quase todo o espaço disponível, em letras ornadas de arabescos: *Sessão #435*. Do quadro, seu olhar migra para os grandes janelões e deles para a chuva lá fora, que continua, inabalável.

***

Após a pausa para o café, os presentes vão aos poucos retornando aos seus lugares, como uma massa informe de dejetos se acumulando nas encostas de um rio poluído. Baltazar, segurando um copo de café, tira do bolso a chave do cofre de cobre. Abre-o. De dentro, tira inúmeras cartelas gastas de bingo com os indefectíveis furos em cada número. Um dos presentes, uma enfermeira do sistema público de saúde, liga um aparelho de som que começa a tocar uma música ensaboada, meio *country* meio *vaporwave*, mergulhando a sala numa letargia opiácea, densa como um novelo de lã. Baltazar começa a distribuir as cartelas, uma a uma, a todos os presentes. Corina recebe a sua com seu nome rabiscado em lápis de cor laranja e, colada meio torta, uma foto 3x4 bisonhamente banal. A sensação do banho quente já a tinha abandonado por completo, deixando-a molhada e com frio, no ritmo do *wild-smooth-jazz*. Agora ela encara os números ainda imaculados, feito jovens freirazinhas. Desde que recebera a sua cartela, não conseguiu furar mais do que dois números, o sete e o treze. Finda a distribuição, alguém — um estudante de computação — traz o globo zincado e o coloca em cima da tribuna novamente ocupada por Baltazar, que também possui uma cartela. A mais antiga de todas. Oito anos e ainda incompleta.

— Dezesseis.

O globo gira, monótono.

— Trinta.

Mãos nervosas furam suas cartelas.

— Quatro.

— Bingo! — anuncia um uruguaio, de tez morena e forte sotaque.

Ao seu lado está Estér, alta e ascética, que pega a cartela de suas mãos, conferindo os números.

— Foi rápido — ela diz, sem olhá-lo nos olhos.

— Bom... — Baltazar fala enquanto vai, sistematicamente, devolvendo as bolinhas para o globo — Corina, Malik, se de comum acordo, gostaria, desta vez, de propor ficarmos depois do horário para amarrar todos os detalhes... Essa semana vai ser corrida...

A voz de Baltazar vai desvanecendo na cabeça de Corina como uma sirene que se afasta. Fragmentos do que é falado lhe chegam à percepção enquanto ela observa, pelo grande janelão, a chuva e as pessoas na rua lá fora. As palavras, as sutilezas, as intenções vão se acumulando e se tornando uma colagem de pensamentos próprios, lógicos. *Se essa condição climática perdurar, é bem possível que a água e o pó molhado transmutados em lama acabem por invadir esse prédio decrépito incrustado no centro da cidade, e nós vamos ser obrigados a realizar as reuniões em algum grande hall nos esgotos ou nas galerias pluviais que, afinal de contas, seriam um lugar mais apropriado para essa horda de malucos...*

Dez horas e a sessão é dada por encerrada. Aos poucos vão todos deixando a sala, depositando suas cartelas inacabadas na tribuna de Baltazar, que as vai devolvendo ao cofre. Mais um ritual. Mais uma onda que bateu na pedra. Alguém desliga a música, e só agora que ela não existe mais é que Corina a percebe (resumo de uma vida). Ela observa novamente sua cartela, esfregando-a entre os dedos. Os dois solitários números furados, sorrindo-lhes, os restantes ainda amordaçados. *E minhas freirazinhas continuam aqui, virgens, esperando o falo transgressor da minha caneta pornográfica.*

***

— Eu tenho necessariamente que ir até o fim?

O trem balança, gingando o corpo franzino de Corina num frêmito que a faz quase flutuar. Baltazar, sentado a sua frente, a observa. Naquele tempo, três anos antes, seus olhos costumavam fitá-la como os de um camaleão. Cada globo operando com uma motivação diferente, fazendo o jogo do afago e da rejeição, do interesse e do desprezo. Um vasculhava qualquer indício físico que traísse o sentido de suas palavras, o bom, o gentil, o castrador sutil. Já o mau a olhava para dentro, entrava pelo buraco da narina e, cego pela escuridão do pensamento, farejava. E do farejo tirava conclusões absurdas: cangurus e sapos saindo de lagos escuros, chafurdando em lama, os olhos de um crocodilo no negrume, tudo muito animalesco, tudo muito simbólico, tudo muito difícil. Baltazar não se lembrava de ter visto nada assim, apesar de tudo o que tinha disponível para lembrar. Diante da pergunta, os olhos se juntam novamente em um só foco.

— Isso nunca aconteceu, alguém se arrepender... Nós temos argumentos muito convincentes.

Corina afaga o papel em sua mão. *É áspero, como se feito de areia.* Um meio do caminho entre um cartão e um folheto onde se lê "*Clube do suicídio*" em letras azuis alongadas sobre um fundo musgo rajado, como uma moreia entre algas. Ela passeia os olhos pelo ambiente, desinteressada. Não tem mais ninguém no vagão de trem.

— A ideia do bingo é meio ridícula.

Baltazar deixa escapar um riso espontâneo.

— Você pode ter um ritual ridículo e eficiente ao mesmo tempo. Na verdade, eu iria além, diria que o ridículo é parte essencial do que fazemos. Se fôssemos distintos, sensatos, aceitáveis, entraríamos facilmente no registro do cotidiano, no nosso estado mental entorpecido e neurótico de quando buscamos na desordem da vida uma meia sem par. O ritual precisa fugir do cotidiano, por isso é ridículo. A ideia não é minha, já foi bastante explorada: Dujanes esnobava o ridículo, e é dele que surge a notável expressão "contenção do real", ou seja, se bem entendi o postulado: (neste ponto Baltazar sobe uma oitava na voz e assume a postura de um locutor) ele sugere a imagem, muito original, do real enjaulado como um animal de zoológico (um panda ou um camelo), subnutrido e melancólico, relegado a uma existência de aparência, de contemplação esnobe e autoritária, podendo ser interpretado e alimentado, por exemplo, pelo ridículo. Winggot era ridículo por convicção e os ecos de seus estudos sobre a miséria do sensato — com especial atenção à tragédia da coerência — são estrondosos, especialmente nas obras de Slàczo, Inácio Usurato, Margaret Ocasola, nos *Treaties for war times* de Minguelot...

Corina agora morde a ponta do folheto/cartão enquanto escuta. A porta do vagão se abre numa estação deserta. *Qual a nossa parada, mesmo?* É o horário de pico, mas mesmo assim ninguém entra. Baltazar se levanta, segurando-se nas barras de metal.

— Por agora não se preocupe muito com os *porquês*. Às vezes se faz porque se faz. No fundo não é preciso muito. Circunstâncias. Você tem um prédio alto ou uma coisa qualquer afiada e sabe que horas são. E é de dia ou de noite ou entardece, e isso desperta alguma coisa ou não. Não fornecemos os motivos. Nós não damos as razões. É cláusula pétrea do estatuto. Mas suponho que o simples fato de sermos o que nos propomos a ser já é motivo suficiente pra muita gente.

— É a fábula da merda. Basta um encher a cara de estrume que o bando se sente impelido a refestelar-se também. — Assim é Corina, uma não erudita, pensamentos simples e acessíveis. *Aruviara, Ponto Sete, Travessos, Estação da Luva... Merda, passamos...*

***

Àquela hora, o prédio se assemelha a um cupinzeiro abandonado. Sede de um poder que não mais fazia jus a tanta opulência Alexandrina, acabou sendo deixado para trás, como quase todas as construções daquele pedaço do centro da cidade, sendo mantido somente pelo poder ancestral dos seus alicerces e pelo costume indolente de sucessivos mandatários e conselheiros. Nada mais funcionava nos seus sessenta e três andares, exceto o Clube e uma dissidência mística da Igreja Carismática da Terceira Onda.

— Não creio que vamos poder usar a quinta-feira, é o único dia em que os palestrantes podem vir... — Baltazar fala enquanto tira de um almoxarifado uma vassoura e com movimentos lentos começa a varrer o imenso salão. — Não queria atrasar novamente com eles... Sexta, talvez?

Corina está sentada no parapeito da janela, abraçada às pernas, como se continuasse com frio. Odeia esses momentos em que se vê obrigada a interferir em voz alta.

— Sexta eu não posso, tenho trabalho.

— Então fazemos de novo sem você — regurgita uma voz que parece sair, estridente, de um bambu muito fino. É Malik que, escorado contra a parede, fuma ostensivamente. Todos eles, mais Estér e o uruguaio, formam o "grupo de afinidade" número oito do *Clube*.

Abandonado no chão, o uruguaio se dedica a preencher diversos formulários obscuros enquanto tem Estér sentada ao seu lado, com a cabeça encostada em seu ombro. Ela segura a mão esquerda dele, acariciando uma cicatriz no dedo indicador. Lembrando para si mesma que a marca fora resultado de uma má interpretação, por parte dele, de uma previsão de uma vidente, muito amiga de ambos, que falava de facas, novilhos e dos descampados agrestes mais ao norte do país. Acariciava, sobretudo, porque invejava esse tipo de aquisição material, essa prova de que, por si próprio, estava disposto a refundar toda a estrutura física e mental herdada de um pai astuciosamente amável e de uma mãe com severos desfalques éticos e morais. Para Estér, que perscrutava o futuro e jamais teve o impulso de contradizer os oráculos, essa era a razão do charme do uruguaio e do seu constante mal-estar.

— Quem vai ficar com o Rasputin? — pergunta Estér.

— Todavía no sé si él va conmigo.

— Eu adoraria ficar com ele — ela agora dá leves mordiscadas no dedo dele. Provoca — Ele ficaria mais feliz do que está agora, tenho certeza.

— Todavía no lo sé...

— Pois bem, decido eu, então. Poder por poder, autoridade por autoridade, somos iguais.

— El tiene diabetes. — É difícil para o uruguaio se concentrar. O formulário é um tormento. Muitas perguntas envoltas em plasma ordinário: endereço, cônjuges, nome do pai, nome da mãe, *Ulisses y Mirianda*, tipo sanguíneo... *¡Mire aquí! ¡Ya son tres páginas de preguntas!*

— Lo que quiero decir es que aún no lo ha decidido y no voy a poner fin a todo esto, por todas las razones ya mencionadas, registradas y ratificadas, sin que él me otorgue tanto su autorización como su propia decisión sobre qué hacer.

Éster tinha criado uma tipificação específica quando ele entrava neste registro de espírito. O *homem raivoso.* Um tipo que se expressa através da ingenuidade, da abertura e do humor. Um agressor gentil que oferece ao convívio social um coquetel de leveza, excentricidade e Campari. Estér sabia que nada do que iria acontecer remetia a ela ou a ela prestava vassalagem. Ela continua apertando o dedo como uma massa de modelar.

— E então? Como vai ser dessa vez? — Baltazar tem o queixo apoiado na haste da vassoura, a cabeça parecendo um corvo que observa uma plantação.

O uruguaio levanta os olhos, se sentindo observado por todos. Amassa os papéis involuntariamente, deixando-se aliviar a tensão.

— El lugar no me interesa, si es posible me gustaría bajo esa lluvia, no quiero sentirme completamente cómodo.

— Para isso não precisamos ir lá fora — desdenha Malik —, a comodidade pode ser atenuada mesmo sentado em uma poltro...

— Y que sea un tiro. Como siempre.

Malik não se incomoda em ser interrompido, está acostumado, é o seu hábito mais enraizado, mais estranhamente assimilado pelo seu ego, como uma contingência dos tempos atuais, da veracidade da afirmação de que hoje o outro, para o um, é somente mais um reflexo teimoso, que refuta suas certezas como um caixa eletrônico que alerta sobre o fim do saldo bancário. Nada, nem ninguém, assume um caráter muito maior ou significativo do que um sinal de trânsito, sem poder nenhum para influenciar diretamente no trajeto e igualmente inútil para demonstrar qualquer sentimento. Uma mera marcação, um atraso. Na verdade, a irritação que Malik agora demonstra, jogando o cigarro no chão e amassando-o com o pé, vem por outra esquina, bem mais pragmática e em consonância com sua ética atual e sua maneira de enxergar politicamente o mundo. A irritação é fruto do medo generalizado que as pessoas em geral, agora encerradas na figura do uruguaio, demonstram em assumir suas responsabilidades. De ser responsável pelo que se diz, faz e come. Como se a sociedade esbarrasse numa fronteira mental juvenil, e se apressasse em exigir uma autonomia enquanto segura com afinco a manutenção de uma tutela, que ela considera a partir de então provisória, mas que, ao cabo, nunca termina. Tutela essa exercida por outros indivíduos também estagnados mentalmente, tão dependentes quanto seus próprios dependentes, cantando sua autonomia ao escolher o sabor de seu sorvete ou a raça de seu cachorro sem ter coragem de assumir a responsabilidade dos meios que assume para si. Malik, por si só, era ponto fora da curva. Aos doze anos já tinha trinta e quatro. Passou batido pela fase de transição e aprendeu a amar seus meios e suas responsabilidades, embora lhe doessem o peito constantemente. Para ele, autonomia nada mais era do que o exercício diário de assumir responsabilidades e rejeitar tutores. Falava o que queria, fazia o que queria, pensava e amava o que queria. Mas lavava a louça ao terminar.

— Era bom que isso começasse a se passar de uma maneira mais racional — Malik fala tentando transpassar certa erudição. Única moeda de troca que ele pensava ser aceita pelo grupo. — Digo, a coisa já está tomando contornos de paradigma. Não existe nada de "como siempre". Se tentam de uma maneira mais vezes do que de outra, é por pura conveniência ou inércia ou porque assim viram e assistiram. Tenha pulso e escolha você, mesmo que se trate de uma obviedade.

— Un disparo, te lo dije.

Malik abre os braços em perfeita consonância com a música, meio *seapunk*, que toca em sua cabeça. A vontade de atirar uma das cadeiras pela janela afora vai embora em microssegundos.

— Pensé que estábamos aquí para resolver ese tipo de detalle. — É o *homem raivoso* atacando novamente.

— Que seja com um tiro e lá fora, na chuva, então. — Baltazar parece engessado na posição de corvo observador. — Alienado ou não, a decisão é sua para mantê-la. Às vezes as importâncias são diferentes para cada um, Malik, você bem devia saber. Nesse caso o que importa é o desfecho, e, se o meio perde um pouco do seu brilho, por assim dizer, o que basta é ponderar eventuais efeitos colaterais. A Goldman tinha razão quando dizia que métodos e meios não podem ser separados do objetivo principal e que os meios empregados acabam por exercer tanta influência que acabam por tornar meio e fim uma coisa só. A questão aqui, claramente, é que o fim é uma invariável, como se diz matematicamente, e, portanto, não existe meio *x*, *y*, ou *z* capaz de alterá-lo. Ele não será, sem dúvida, um fim diferente se a opção for uma corda, uma injeção ou uma queda. De resto tudo pode ser um grande "tanto faz". É o que me parece ser o caso aqui...

Ele se expressa muito bem — pensa Corina —, *o pedantismo é quase onipresente, até mesmo nos movimentos... Nunca achei que veria algo como um "linguajar corporal pedante", talvez em um dançarino ou num mímico, mas não assim debaixo de tanta roupa... Está aí um pedantólogo profissional!*

— O que eu quero dizer — retoma Malik — é que os meios *aqui* estão alterando os meios *acolá*, estão se influenciando, eu quis dizer. O meio não está definindo o fim, por certo, mas está mudando os meios para os quais outros fins estão concorrendo. E tudo bem, esses outros fins também são irrelevantes e no fundo iguais, eu sei, mas certamente não os são para quem fica aqui e tem que se resolver com as sujeiras e os resíduos resultantes de tais escolhas. O que não me sai da cabeça é a nossa velha questão: ignorar a ética dos métodos utilizados significa mergulhar nas profundezas da desmoralização total. Querendo ou não, estamos propondo a negação de tudo o que existe, um violento protesto contra a desumanidade das pessoas para com as pessoas. Nos propomos a destruir valores e não simplesmente consertar alguns erros sociais ou distribuir bem-estar. Ou somos isso, só um serviço? Não, somos arautos de uma nova ética, inspirando novos conceitos de vida, regeneradores mentais e espirituais. Nada disso é possível sem uma identidade entre meios utilizados e objetivos propostos.

O uruguaio coça os olhos, cansado.

— No es una gran conceptualización... No parece probar nada. Ni siquiera me parece muy decente. Según tengo entendido, no se trata tanto de medios y fines, sino de intenciones y sus posibles resultados. Para mí está claro que solo vivo porque puedo morir cuando quiera. Sin la idea de que puedo suicidarme en cualquier momento, me habría suicidado hace mucho tiempo y de una manera mucho más inconveniente.

A sala mergulha num silêncio inesperado. A energia disponível no sistema para mais argumentações, ponderações, chantagens ou ironias esgotara-se subitamente. Corina é a única que ainda reflete, que ainda pode ser considerada habitante desse mundo. A sensação do banho quente retornara aos poucos, mas em dobro, em igual intensidade ao silêncio que se instalou, cobrindo-a por inteiro, começando pelos pés, os quadris, agarrando seu pescoço, enchendo suas narinas com sais de banho, até cobrir por completo sua cabeça, impedindo-a de respirar.

* * *

Um velho e seu dogue alemão entregam os pequenos folhetos/cartões do Clube na rua. A moreia se delicia com a chuva, que esparrama a tinta barata, desmembrando seu corpo. *É quase uma arte Naif agora* — pensa o cachorro. Mãos aleatórias leem o convite da moreia conspiradora (certeza que conspira). Debaixo da garoa, abraçado em um guarda-chuva, o velho sorri simpático aos passantes.

***

ARTIGO RETIRADO DE UMA OBSCURA PUBLICAÇÃO QUINZENAL

Há precedentes perigosos. Menos raros do que se poderia supor. É de se pensar que a ideia tenha florescido aqui e ali, mais ou menos com as mesmas características gerais, com uma ou outra idiossincrasia curiosa e provavelmente personalizada. (O culto à personalidade, nesses casos, durava pouco ou, na verdade, era subitamente interrompido pelos miolos esvoaçantes do personalizado.) O estudo de caso, se cabe, vem de onde se quiser: do fundo de um porão de padaria ou do seio de uma família abastada, muitas vezes amalgamado ao espírito *fin de siècle*, ainda carente da selvageria estética do modernismo (não o Modernismo Movimento, mas o modernismo implícito no ato de tomar banho com água encanada e quente, perfumada de cloro) e também abraçada muitas outras vezes com um impulso niilista vertiginosamente ágil e adaptado às condições climáticas dos corpos e mentes em questão, que eram vários: inflacionadamente gordos ou endividados esguios, histéricos, senis, mundanos, místicos, ritualistas, druidas, bruxas, ascetas, perdulários, varões e *miladys* e milões e *valadys*...

A motivação, entretanto, é sempre simples: prover assistência a quem quer tirar a própria vida. Sem moralismos ou autoajuda. Ênfase no prático, no que o ato tem de mundano. Cada semana um é escolhido para finalmente morrer. No ínterim, contribuem com as mensalidades, fazem intermináveis reuniões, nas quais discutem não só questões cotidianas de organização como realizam seminários com especialistas obscuros, nos quais aprendem as melhores formas e técnicas de se matar, como proceder, onde arrumar os itens necessários, quais medicamentos são mais indicados para uma superdosagem eficiente e limpa...

* * *

RASCUNHO DE UM POSSÍVEL MANIFESTO QUE DESVIRTUA EM HISTORIOGRAFIA

O que se busca ali é uma Insurreição, não uma Revolução. Há uma diferença, Testalarga a colocou muito bem: "*A revolução consiste na derrubada das condições e do status vigentes, do Estado ou da sociedade e, como tal, é um ato político ou social; a insurreição traz, como consequência inevitável, uma transformação nas circunstâncias que, entretanto, não são provocadas por ela, mas pela própria insatisfação dos homens. A insurreição não é um levante armado, mas um levante de indivíduos, uma tomada de posição que não tem qualquer compromisso com as consequências que dela poderão advir. A revolução visa a obter novas condições de vida; a insurreição nos leva a não aceitar mais a ideia de que alguém pode determinar as condições sob as quais deveremos viver, mas nos induz a determinar por nós mesmos essas condições, sem depositar grandes esperanças na sociedade. Ela não é uma luta contra a ordem estabelecida, já que seu sucesso determinaria o fim dessa ordem; seu objetivo é fazer com que nós mesmos a abandonemos, pois no momento em que o fizermos ela já estará morta. Nosso objetivo não é, portanto, derrubar a ordem estabelecida, erguendo-nos acima dela; nossos propósitos e atos não têm qualquer cunho político ou social, mas, na medida em que dizem respeito apenas a cada um de nós individualmente, são puramente egoístas."*

Como veem, e já foi dito, existe um certo niilismo envolvido, à la Turguêniev. Uma forte tendência geral nos membros de não acreditar nas possibilidades, num desdém e num ceticismo endêmicos que os fazem descrer no que virá, negando qualquer valor não só à moral vigente, mas à sociedade e à própria humanidade. Para um membro convicto do Clube, nada tem valor, inclusive ele próprio — nada mais sendo, portanto, do que um passo além do mais absoluto egoísmo.

Já o termo "grupo de afinidade" é a tradução do espanhol "grupos de afinidad", nome de um tipo de organização criada na época anterior a Franco e que serviu de base à temível F.A.I. — a Federação Anarquista Ibérica — que congregava os militantes mais idealistas da Confederación Nacional del Trabajo, a imensa organização anarcossindicalista.

Esses grupos poderiam ser facilmente considerados como um novo tipo de prolongamento da família, em que os laços de parentesco vão sendo paulatinamente substituídos pelos laços de afinidade, por um relacionamento humano extremamente intenso, alimentado por ideias e práticas revolucionárias comuns. Cada grupo de afinidade tem um número limitado de participantes para garantir o maior grau de intimidade possível entre seus membros, francamente diversos em pensamentos e inclinações, criando um espaço livre, no qual os seus integrantes podem reestruturar-se, tanto individual quanto socialmente, como seres humanos.

Como resultado de sua autonomia, os grupos são capazes de manter uma avaliação crítica sensível sobre as suas ações, intensamente experimentais e diversificadas em seus métodos. Cada grupo procurando adquirir os recursos necessários para funcionar de forma independente, fomentando um sistema de conhecimentos e experiências para vencer as limitações impostas pela sociedade ao desenvolvimento individual, fazendo-o atingir um ponto em que o grupo possa finalmente desaparecer, um por um, integrando-se às formas orgânicas criadas pela natureza.

Dentro do Clube, os grupos de afinidade funcionam como catalisadores, não como "vanguardas"; eles proporcionam iniciativa e conscientização, não um estado-maior ou uma fonte de comando. A união ou separação de cada grupo é determinada pelas circunstâncias do momento e não por ordens burocráticas vindas de um centro distante.

Durante os primeiros anos do Clube, os grupos de afinidade foram altamente resistentes à infiltração policial (no início, o poder político não teve muita empatia com essa visão de mundo). Devido ao alto grau de intimidade entre os participantes, a penetração nos grupos era muito difícil, e, mesmo nas poucas vezes em que aconteceu, não havia um mecanismo centralizado que desse aos infiltrados uma visão geral do movimento como um todo.

Passado esse primeiro período de perseguição e desconfiança, as atividades foram paulatinamente sendo toleradas, de maneira um tanto tácita, pela sociedade. Aos poucos foi ficando claro, para as mentes mais afoitas, que na verdade não importava muito o ato em si ou seu efeito no imaginário geral, a única coisa que não se queria, e não se queria com todas as forças, eram corpos caindo por aí enquanto as pessoas iam comprar seus bilhetes de loteria ou o material escolar dos filhos.

Assim, liberados à maneira do jogo do bicho, os grupos conseguiram atingir um maior grau de unidade, trabalhando juntos, em qualquer nível, sempre que necessário. Foi aí que surgiu a estrutura atual do Clube.

Ninguém lembra mais quem fora o primeiro. Os anos anteriores à atual organização são carentes de registro, de anotações, de história. Só sabemos que, em termos de antiguidade, o mais longevo membro, anterior a todos os outros ali presentes, é Baltazar. Daí sua relativa influência, que, dado o caráter libertário do movimento, é puramente casual. As pessoas o respeitam, sem reverenciá-lo. É um mestre ao qual prestam homenagem e não submissão. A suspeita geral é de que Baltazar não está ali com a mesma intenção que os outros, já aparenta uma idade avançada e, embora isso não determine, em absoluto, a tendência suicida de ninguém, não parece ser o caso. Ele transparece, de alguma forma, se alimentar daquela estranha ágora e do que quer que ela emane. Poucos sabem que a aquisição daquela sala fora obra dele, e que, ainda menos sabem, detém uma monstruosa fortuna.

Acontece que Baltazar foi, de fato, um pioneiro. Muitos anos atrás, junto com uma ex-companheira, Dália, fundou e assumiu o status de mentor intelectual de um, talvez o primeiro, grupo de afinidade. Eram quatro, à época: Baltazar, que trabalhava como chefe clínico de um hospital psiquiátrico no interior, Dália, então enfermeira-chefe, Tsimikas, uma jogadora grega de polo, moradora perpétua do *Hotel Graça Branca*, e Sebastião de Molhas y Gravas, jovem filho de um proeminente barão do café, cabo do exército e provável cônsul, se tivesse concluído os estudos.

O grupo em questão durou pouco mais de oito semanas. As quatro primeiras foram abarrotadas de intensas discussões políticas e filosóficas. Todos ali eram, sem exceção, exímios impostores intelectuais. Falavam de Nietzsche, Kant, Habermas, Anaxágoras e Parmênides — estes dois, contribuições muito gentis de Tsimikas —, Schopenhauer, Heidegger e, é claro, Malebranche. Tudo era muito abafado, delirante e pernóstico, efeito simultâneo tanto da taberna encardida onde se encontravam quanto do xerez e, às vezes, da fada verde. Sem falar no ópio. Já as quatro últimas semanas foram de ação, o que levou seus integrantes às raias da euforia. De uma maneira um tanto tacanha, resolveram, por três votos a um, levar a cabo seus intentos apelando para o velho estilo da roleta-russa. Reunidos em uma encruzilhada apertada por prédios de todos os lados, onde o vento parecia encanar de tal forma que era impossível não se segurarem uns aos outros, deram o primeiro tiro oficial. Tsimikas não chegou a sentir dor, tinham estudado bastante os pontos sensíveis e os melhores métodos, e acabou tendo uma passagem bastante tediosa. Logo após o tiro, executado por Sebastião, os três membros restantes beberam, ali mesmo, em homenagem ao êxito coletivo conquistado. Uma semana depois, Dália tomava um tiro no abdômen, por erro de Sebastião, morrendo com dores excruciantes nos braços de Baltazar, que tudo o que conseguia fazer era assobiar *Smanie implacabili*, a *Aria di bravura* favorita da amada.

No final de semana seguinte, durante o desfile do corpo de oficiais do exército, fora a vez do próprio Sebastião. O pai do jovem, fiel cumpridor de seus compromissos sociais, acompanharia os festejos em um lugar de honra, junto aos comandantes, vereadores e o prefeito, e era desejo de Sebastião desferir ele mesmo o tiro enquanto desfilava sob os olhares do progenitor e de todas aquelas, em suas próprias palavras, "pequenas bolas de carne e esterco perfumadas". Foi o primeiro contato de Baltazar com a modalidade "morte pública" e tudo que ela encerrava. O tiro explodiu o crânio de Sebastião bem debaixo do nariz de toda a elite política, financeira e militar da comarca. Suspirou pela última vez sorrindo de orelha a orelha. No fundo, naqueles tempos mais simples, a intenção era somente esta: tirar a própria vida com dignidade, autonomia e desaforo.

O caso de Sebastião, como era de se esperar, teve rápida e estrondosa repercussão, e logo os três casos foram juntados em um único pacote, e a propaganda se espalhou, como sempre acontece. Transcorreu assim a última semana. Sobrara Baltazar, que, sozinho, já não mais poderia ser considerado um grupo. O resultado da propaganda espontânea foi o óbvio: outros grupos autônomos se formaram, a troca de informações se estabeleceu, e uma rede se solidificou. O pulo do Baltazar desses tempos para o Baltazar de agora é um mistério secular.

Quem poderia dizer quantos grupos já houve? Vinte, duzentos, mil? No mundo todo? Em parte? Nunca entraram em nenhum censo, nem público nem particular, estranhamente sempre foram resistentes a perpetuarem uma tradição, embora daí resultasse muito de seu prestígio. Mesmo nos tempos atuais, de aparente solidificação institucional na forma de um Clube, não existem atas das reuniões, nem mesmo uma lista de nomes. Nada. O único documento oficial, com nome e foto, eram as cartelas de bingo. Já era comprometimento suficiente.

***

Um mamão e flores.

Corina demorou pouco tempo, como sempre faz em lugares com muita gente. Rápida e eficiente, antes de o mundo começar a parecer uma grande geleia sem sentido que irradia calor e irritação. Eis a síntese da sua jornada à feira: um mamão macio e as melhores flores que encontrou. Ia comprar peixe também. Entrou na fila de três pessoas que visivelmente não estavam ali. Olhavam, julgavam, conversavam, mas não estavam ali. A realidade teria que ser inventiva e produzir uma explosão ou uma confusão espetaculosa para que essas pessoas pudessem fazer jus à afirmação de que estavam vivas.

Um pouco por pressão implícita nos olhos do peixeiro, Corina começou a reparar nos peixes em exposição: muitos olhos opacos que fitavam um ponto diferente do espaço. Amontoados e sobrepostos, pareciam um grande organismo congelado e fedendo, de mil olhos leitosos, assediado por moscas. Uma delas veio voando até ela depois de passar pelas outras três pessoas. Tentava expor uma ideia, mas ainda não tinha sido bem recebida. Os outros três clientes não notaram sua presença. Se sequer estavam abertas para o mundo e seu cotidiano, como poderiam usufruir das excentricidades de uma mosca? À medida que foi se aproximando, Corina decide por dar-lhe o benefício da dúvida. Tem um bom julgamento para momentos assim, além de ser uma excelente ouvinte. A ideia afinal era boa. Muito boa. E simples: basicamente a pequenina dizia que a humanidade nunca cultuou de fato a vida, e uma das razões era porque ela não sabia o que a vida era de fato. O zumbido que acompanhava as palavras, já pronunciadas em volume quase inaudível, atrapalhava o raciocínio, mas Corina seguiu acompanhando, com uma atenção reforçada. A mosca continuou, agora em um tom que soou como um belo de um esporro, dizendo que mal conseguíamos distinguir entre a vida humana e a vida não humana. Cavamos fundo, mas não encontramos. Fomos incapazes de nos especificar com competência, de nos definir em contraste com o resto da existência. Essa ideia causou em Corina um desconforto muito próximo ao da geleia amorfa de calor. Tudo é meio que *igual*, a mosca lhe diz. O que faz com que nada se sobreponha a nada. Um suor, esse mamão, uma grosseria, um assassinato... Tudo *igual*. Entre as moscas nunca existiu dificuldade quanto a isso, ela também diz, antes de revelar que sim, podia ler pensamentos. Corina perguntou o que ela mesma estava pensando. *Seria útil ter uma segunda opinião.* A mosca se demorou, zumbia de um lado ao outro, parecia se comportar como um traficante que tenta perceber a movimentação ao redor para não ser surpreendido no meio do seu ofício. Por fim preferiu expor em imagens. Disse que Corina pensava em uma catarata muito íngreme com um vapor d'água monstruoso subindo pelos ares, e lá embaixo uma garganta que dragava tudo para um interior desconhecido. *Não era o pior dos pensamentos que já tive*, pensou Corina. A mosca suspirou fundo — Corina percebeu mesmo um ar de enfado — e lhe receitou as flores, que ela imediatamente providenciou e que agora estão a caminho de casa.

***

Corina já morreu sessenta e sete vezes. Sessenta e sete *passagens*. Karmas acumulados; às vezes três, quatro, em um único mês. Todas essas aquisições etéreas, esses entulhos penados, foram também, devida e mesquinhamente, imortalizadas em registro celuloidico. Durante todo esse seu estar de figurante cinematográfico, porém, a jovem jamais pronunciou uma frase de efeito digna de alguém à beira da morte. As mãos redatoras, para ela sempre ocultas, quase sempre masculinas e calosas (ela tem por certo), sempre a dignificaram com o silêncio. Isso a incomodou no início, mas a frequência paulatina de frustrações verbais a levou a racionalizar. *Esvazie o mágico do mundo* — era o lema. Uma especialidade que Corina sempre fez, e faz, com dileta competência.

As elucubrações, que vinham sempre de olhos fechados, hesitantes e com as mãos cruzadas de timidez, confirmaram-lhe, sussurrando, uma verdade antiga: que, afinal, eram bem poucas, ínfimas se comparadas à quantidade total de gente no mundo, as pessoas com algo realmente interessante a dizer no momento em que tomam consciência de que o mundo, essa abóbada cinza, cheia de rancor e ódio, não liga a mínima para o desaparecimento de mais um organismo, independentemente de sua patente. Se se separassem daí as que efetivamente diziam o que tinham para dizer ou desdizer no momento da morte, não sobrariam senão meia dúzia de sentenças edificantes na história de toda a humanidade.

Em uma noite mal dormida, véspera de outra morte audiovisual inútil (admitindo aqui a desumanizada *morte útil*), Corina tentou elencar tais sentenças em um papel de pão. Engrandeceu o topo da lista com um senhor, morador da *Calle Turandour*, que ela tinha visto ser atropelado por um *Tuk-tuk*. Era criança e descia, de mãos dadas com seu irmão, uma das ladeiras de comércio onde podia comprar por centavos suas revistas em quadrinhos usadas. O riquixá assassino passou por cima do homem sem o menor pudor. Agarrada ao irmão, ela observou os transeuntes socorrerem o miserável. Antes de morrer, ali na calçada nojenta, com uma das orelhas decepadas ao seu lado, a pequena Corina ouviu-o dizer suas últimas palavras marinadas em generosas cusparadas: *"À merda, vão à merda vocês todos!"*.

Em segundo lugar ficou um cachorro imaginário que Corina adotara na época do colégio de freiras. Poodle caramelo, caçador nato, viajante de mundos noturnos, médium sem dúvida, abocanhava morcegos em pleno voo. No réveillon, cuspiu sangue. Em seu estertor quase humano na mesa de cirurgia improvisada na escrivaninha do quarto, o cão abriu a boca e soltou um miado. O terceiro e quarto lugares estavam vagos, solenemente brancos. Corina tinha fé na humanidade, gostava mesmo de achar que tinha, e reservava esses lugares a possíveis seres superiores, que atenderiam por nomes que ouvira alguma vez não sabe em que contextos: *Anúbis, Andraque,* os *Germofilitas...* E que brindariam sua passagem na Terra com frases retumbantes ainda não escritas. Parou por aí. Ficou tentada a colocar em honroso quinto lugar seu irmão, vítima fácil de um câncer no pâncreas, batedor de carteiras, cineasta e viciado em sinônimos e antônimos, que, ainda sóbrio no leito, balbuciou uma espécie de haikai muito pouco ortodoxo que, garantiu, chegara-lhe aos ouvidos por obra de sei lá o que enquanto agonizava:

lei maior
que a vida subtrai
o corpo que cai para cima
antigravita.

Ela, porém, fiel à sua aversão a toda e qualquer poesia metafísica, negou o quinto lugar ao irmão, tomando suas últimas palavras como um devaneio pueril. O papel de pão com a lista pormenorizada se encontra no fundo de seu armário, plastificada, e hoje Corina arrepende-se da ausência do irmão.

Foi dele que Corina herdou o gosto por narrativas *non-senses*. Estudou cinema na universidade rapidamente, sequestrada pelo irmão, e formou um círculo de conhecidos: alguns *Antonionis*, muitos e muitos *Godares* e um perdido e barulhento *Dupieux*. Indolente, Corina logo percebeu que o poder derivado das atividades por detrás da câmera não lhe interessava e, pouco a pouco, largou as benesses do posto, arrastando-se para o fundo do quadro, para o fundo do *Aquário*, para o papel de figurante, só aceitando o recuo, porém, se motivado por um tipo muito específico de jogo teatral: aquele cujo destino dramatúrgico fosse a morte. Espetaculosa, violenta, banal, cômica... Pouco lhe importava. Por isso não se lembra do nome ou do enredo de nenhum dos filmes de que participou. São todos enfadonhos, chatos, ultrapassados, pedantes. Ela atua por outro motivo, alheio a qualquer *Grande Obra*.

O primeiro papel foi em um curta-metragem do irmão. Tinha doze anos e estava transmutada em uma menina rica, milionária, que se afogava em alto-mar. Foram de barco até depois da arrebentação, e ela mergulhou. Ficou três horas dentro da água e a cada "*Ação!*" tinha que mergulhar e se debater como se no fim do seu fôlego. Repetiu tudo dezesseis vezes, na décima sentiu um estalo. Uma sensação de prazer incrivelmente inflamável. Tinham-na mordido por dentro. Foi o seu primeiro orgasmo. Dentro da água, fingindo se afogar. Mas também foi mais do que isso. O êxtase daquela encenação, daquela fantasia, a saciou sensorialmente de uma forma incompreensível, para muito além do âmbito sexual. Sentiu uma espécie de iluminação, intelectual mesmo, leve, muito fugaz, mas completamente perceptível. Sensação que ela nunca decodificou completamente. Tentou inúmeras vezes reproduzir o momento na banheira de casa, simulando afogamentos cada vez mais profundos e longínquos, cada vez mais assustadores e excitantes, mas nunca chegou a sentir aquele espasmo novamente. Daí a curiosidade que a acompanha desde aquela primeira encenação e que passou a dominar suas ações por completo, das *grandes* ações às cotidianamente desprezíveis. Em cima disso, desenvolveu sua teoria de vida, sua ópera, seu arranjo, seu próprio mecanismo: A morte como projeto, como plano, como experimento e como encenação.

Corina não é depressiva nem mal sucedida no que faz, tem amigos, não é a suicida típica (não existe o *suicida típico,* não se distingue um suicida nem mesmo se pode modelar um. Seria mais correto aqui evocar o S*uicida-símbolo* ou o *Alegórico-suicida,* ou ainda dizer que ela não se encaixa na *Fábula suicida*). O que lhe falta, em doses ultrajantes, é projeção afetiva para com a vida, não se interessa pelo futuro orgânico, não vislumbra memórias, regurgitando-as. Como um peixe, as tem guardadas no intestino, acessando-as pelo estômago, sempre mediadas por sal de fruta e anti-inflamatório. Desde os doze anos, está obcecada em acumular conhecimento sobre o assunto, em aprofundar os passos do plano, banhando-se no Espiritismo, na Regressão, no ateísmo científico, no niilismo febril...

A descoberta do Clube foi para ela como a Galápagos de Darwin. Um parque de diversões exclusivo e personalizado. Árido, pueril e fascinante. Um pomar com todos os frutos de sua preferência ao alcance dos olhos. Sentiu-se à vontade no instante mesmo em que atravessou a porta. Era a bolha perfeita. Delimitada e casada com todos os sentidos. Mas existia algo, ela pressentia e podia tocar quando ia comprar pão ou se interessava pela janela suja do ônibus, que não lhe dizia respeito, ou melhor, não *a* respeitava, ria dela e não fazia questão de tê-la entre seus semelhantes. É que, de certa forma, Corina não se encaixava no perfil predominante dos membros. Ninguém ali compartilhava o seu *entusiasmo* melancólico pelo assunto. Ninguém estava interessado em chafurdar filosoficamente na própria metafísica. Eram mais práticos em suas intenções e se sentiam menosprezados, ou mesmo intimidados, por ela. Mesmo assim, Corina deitava toda noite sentindo gratidão pelo acaso que a levou até lá. Parecia a última parte do belo plano esboçado. Relendo o *Bardo Thodol* enquanto comia sobras de alguma comida, acreditou que a roda do seu atual Karma tinha ali sua chave de ordenação. Iria poder ascender no mínimo ao sexto *Bardo*, pensava. Estava em boas mãos.

***

Quando Corina abre a porta do apartamento, já é início da noite. O loft não possui nenhum elemento decorativo, embora seja repleto de objetos, todos deslocados de sua função original. Era uma maneira de dizer para ela mesma que tudo pode ser tudo (aquela mosca sabia o que estava falando, realmente sabia. Sobrou uma vaga sensação de saudade. Jamais a veria de novo). A TV não funciona, serve de prateleira. Um espelho apoiado em livros é a mesa de centro. O mamão vai direto para a geladeira. A flor vai para o lixo, como quase tudo o que é exclusivamente estético nessa casa. Ainda não conseguiu ler as flores em mais de uma camada, achar o útil. Não consegue posicioná-las no espaço de uma forma que não lhe incomode profundamente.

Fome. Corina pede comida japonesa pelo telefone. Peixes de todas as cores e muito tofu. O mais útil e o menos estético dos alimentos. Caminha até o banheiro enquanto tira da bolsa o gravador portátil, seleciona uma faixa e deixa tocar enquanto derrete na banheira quente. Uma voz grave desanda num raciocínio: "*... nem o Antigo nem o Novo Testamento o proíbem diretamente. O antigo testamento registra quatro suicidas: Sansão, Saul, Abimeleque e Aitofel — e nenhum deles recebe comentários desfavoráveis. Até a morte de Jesus foi considerada por Tertuliano um suicídio...*". A ideia já tinha lhe sido passada por um missionário que conhecera no Amazonas. *Jesus teria se suicidado ao invés de morrido por todos nós.* Corina, à época balançando em uma rede de fibra de coco, argumentou que sobre esse raciocínio o mais correto seria afirmar que Jesus estava entediado, puto ou mesmo com dor (já se mataram por uma topada no dedão. *Ridículo ma è vero*) e que, ao se sacrificar, sua real intenção era matar a todos nós de sua própria vida.

O interfone toca, a comida chega, e com ela, passando por debaixo da perna do entregador, um gato negro. Enquanto Corina despacha o entregador sem olhá-lo nos olhos, o felino, ignorando os bons modos de qualquer visitante respeitoso, passeia pelo recinto, julgador. Como primeiro ato de conquista testa primeiro a poltrona, que não lhe agrada por ser muito fria. No final, satisfeito com o novo espólio, acaba se ajeitando em cima do travesseiro, na cama mal arrumada.

Corina troca a faixa do gravador e se senta na poltrona com a comida no colo. Come em silêncio ouvindo a voz troante: *"Os cães às vezes se suicidam, normalmente afogando-se ou recusando-se a comer, por razões diversas — em geral quando o animal é afastado da casa e dos donos, mas também por arrependimento ou remorso, ou até por puro fastio. Suicídios animais desse tipo são considerados por alguns uma manifestação de inteligência."*. O gato levanta as orelhas, como se tivesse ouvido seu nome.

Foi uma noite difícil. Corina adormeceu quase instantaneamente no pé da cama, e o gato, que já tinha se aprumado e tentado alguma sorte com os restos do jantar, começara sua jornada noturna em busca das visões que lhe assombravam. Caçara seus ratos imaginários, afiara suas garras e obtivera sucesso em destampar o ralo do banheiro. Luta árdua. Vitória. Mais uma pilhagem concedendo acesso aos túneis misteriosos do encanamento central. A ronda já durava cerca de uma hora quando o sono novamente o dominou. Voltou para a cabeceira da cama, a qual já considerava uma posse por usucapião, e desmaiou. O sonho veio vertiginoso. Nele seus bigodes eram enormes, grandes cabos de alta tensão que mais lhe dificultavam do que auxiliavam o equilíbrio, mas que lhe davam uma onisciência opressora do mundo. Tudo lhe era passível de medição, cabia em tudo e de tudo captava uma emanação doce. Não mais ouvia nem via, só pressentia. Como novo gato ubíquo, teve contato com ares exóticos, pradarias, fábricas, muros, seres estranhos, esgueirou-se por enormes buracos na terra, que o levavam de um ponto ao outro do globo. Descobriu a China, a Mongólia, partes do Quirguistão...

***

Amanhece. Corina acorda no pé da cama enquanto o gato ainda domina a cabeceira. No visor do gravador está estampado o nome da faixa do momento "*Shakespeare*", desta vez em suave e declamada voz feminina: "*... catorze suicídios em oito obras — só o de Ofélia, o menos intencional, é submetido à desaprovação eclesiástica. Mas o padre que lhe nega o cerimonial fúnebre completo é repelido por Laerte com fúria e grande convicção: 'Eu vos digo, padre miserável, minha* *irmã será anjo ministrante quando estiverdes uivando."*. Não, não pode continuar, já são dez horas, tem que sair. Café requentado. Torrada pré-fabricada, mais dura do que o necessário. Demora até perceber Estér jogada no sofá, esfregando os olhos. Não trocam palavras, exceto na imaginação de Corina (mais ou menos nestes termos: *Bom dia. Chegou tarde?* Pergunta, com a torrada na boca. Estér sentada no sofá, acariciando o gato, os olhos ainda mal abertos. *Era a despedida de "fulana"*. Blá-blá-blá... *Você vai hoje?* Já pronta para sair, bolsa na mão. *Depois do plantão.* Abre a porta de casa. *Então até...).*

Corina sai. Estér fica alguns segundos olhando o vazio, preparando a ignição forçada dos músculos. Pega o gato pela cabeça, aproximando-o da sua.

— E você, bichano? Qual o seu nome?

Só depois se levanta, coloca uma música para tocar, se despe largando as roupas pelo caminho e entra no banho.

***

A porta de um frigorífico é aberta pelas mãos de um perito criminal. O interior escuro é iluminado pela luz fria da câmara de refrigeração. O vapor gelado logo se desvanece revelando diversos corpos ensanguentados. O perito tem o rosto tomado pelo asco. Ameaça um vômito involuntário que muito teria impactado em sua reputação.

Já chegara irritado. Havia esquecido a chaleira do café no fogo e quase incendiara a casa. Irritava-se com essa falta de zelo e acabava por descontar no trabalho. Ele entra chutando os cadáveres para o lado, sem cerimônia. Jaques gostava de romantizar sua profissão, achava isso mais do que prazeroso, necessário. Perdia-se em minúcias extravagantes contando a rotina para si mesmo no espelho. Curioso era o fato de que tal dissonância não o acompanhava ao trabalho, era consciente do caráter infantil que isso lhe imputava e, portanto, guardava para si toda e qualquer elucubração a respeito.

— Meu deus... Walace! Acho que vamos ter que voltar àquela barraca de cachorro-quente...

Um silêncio extravagante. Corina, um dos corpos brutalmente assassinados, se dá conta de uma verdade inusitada. *É muito difícil segurar a respiração no escuro.*

— Corta! Excelente! — grita um diretor invisível.

As luzes do set de filmagem são acesas. A movimentação característica dos profissionais se estabelece. Corina limpa do rosto uma gota de sangue falso que a incomoda. Ao seu lado percebe outro figurante igualmente ensanguentado, que confere as recentes conversas perdidas no celular. Após alguns segundos está tudo pronto para outra tomada. A porta do frigorífico é fechada. Corina fecha os olhos. Tudo fica escuro novamente.

— Silêncio... Ação!

SEGUNDA PARTE
MALIK

Um zumbido percorre toda a extensão da maior avenida da cidade, atravessando o ar e a chuva como um incômodo indesejado. No meio dos outros tantos barulhos já familiares aos transeuntes, esse não se faz perceber. Dura o equivalente ao início do parágrafo e termina em um escabafamento surdo — a melhor palavra que o define.

Parado debaixo do toldo de uma barraca de cachorro-quente, Malik percebe o zunido crescente, mas antes julga vir-lhe do estômago que, de fato, ronca de fome. A célere sonata logo ganha materialidade no corpo sonoro de um anão que cai às vistas, pouco mais de três metros diante de Malik, abrindo um buraco considerável na calçada. Equilibrando com dificuldade o assombroso cachorro-quente em uma só mão, ele se aproxima do corpo e nota, decepcionado, que o anão ainda respira e geme de dor. Suas pernas reduzidas a pedaços inertes e deformados de carne, seu sangue se misturando à água da chuva.

A pequena cratera resultante duraria séculos incólume naquela calçada. Nenhum poder (público ou privado) ousaria tocá-la, mesmo que por procuração, sob pena de uma multa genérica ou mesmo de dores musculares ou até desmotivado pelo preço proibitivo do calcário e do cimento. Somente muito tempo depois, se apoderou daqueles que ali estiveram uma estranha necessidade de construir um fluído narrativo para o ocorrido (alguns até mesmo que nunca souberam do que aquilo se tratava), e o fato narrado — *Eu vi! Eu estive lá!* — como sempre se sobrepôs ao fato vivido. Os ambulantes — já velhos anciões emanadores de uma credibilidade empírica — atribuiriam aquele monumento (no fundo era só um buraco) à queda de um minúsculo meteorito lunar. Não demorou, e os porteiros do prédio da *Academia de Aviação Toscana* homenageariam o ocorrido com uma placa de bronze, cimentada bem ao lado do buraco, onde se lia: *"De que interessa se a vida é boa ou não, a menos que se possa viver para sempre?"*.

Nada disso era intenção do suicida fracassado. Perguntado posteriormente, afirmou, não sem algum embasamento, que meteoritos lunares não saem por aí caindo desse jeito, muito menos fazendo um buraco simplório como aquele. Não era esse o desfecho imaginado por ele nos quatro dias escondido no almoxarifado de um escritório de advocacia do 25° andar. Enclausurado em sua pseudoalcova, rodeado de esfregões e multiusos, a depressão que o consumia diariamente galgou patamares, se aproximando de níveis estratosféricos, até que, entre as doses de vodca e as solitárias sessões místicas de tarô (presente da avó cigana que lhe ensinara também o mistério da leitura de mãos), a coragem tão pretendida de se largar no espaço vazio o tomou de assalto e ele se jogou janela afora. À medida que caía, ia preenchendo as lacunas entre os andares com *O Mago*, *O Louco*, o *Valete de Ouros*, o *Cinco de Espadas* e o *Ajudante de Limpeza*, esta última, uma carta de fabricação própria, bem ao estilo esotérico de Gébelin, que o jovem desenhou em papel cartolina com uma técnica que misturava guache e tinta acrílica. Retratava o mistério encerrado na imagem de um esfregão disfarçado de espada, apoiado sobre os joelhos de uma figura austera, que por sua vez está sentada em uma pradaria em chamas com duas enormes narinas de babuíno abertas no céu, as narinas de *Thoth*, que pareciam fungar, tragando as nuvens de fumaça negra.

Caiu assim, desfiando todo o seu drama simbólico, cobrindo aquele prédio, andar por andar, viga por viga, baia por baia, com uma toalha vermelha felpuda, uns incensos de mirra e almíscar, o Sol, a Lua, a avó vestindo um xale preto e azul (a velha muito confusa nesse momento de ação pura) e o olho de Hórus, que ele achava tão bonito.

— Sabe o que eu não entendo? — um motoboy de voz rouca. — É essa insistência simbólica... Olha ali, tatuada no pescoço, é uma Cruz de Ansata...

— Não, não senhor, é um Nó de Ísis, vê-se logo — um jornaleiro acendendo um cigarro. — Conheço o tipo, aprendeu tudo em almanaques. — Tira da prateleira dos fundos uma edição do *Cultural Atlas of Ancient Egypt n. 8*.

O porteiro da *Academia de Aviação Toscana* pega a revista, folheando-a. A figura na página 35 é inequívoca: o Nó de Ísis, sem dúvida.

— Não sei... O tiramos daí? — o porteiro indaga enquanto se debruça sobre o corpo, sem conseguir esconder o asco daquelas pernas esmigalhadas.

— Moço... é melhor deixar pra quem entende. — aconselha o motoboy.

Sucedem-se outros tantos olhos espantados, gritos de aversão e comentários indecentes sobre os programas governamentais de combate à depressão, sobre o tempo (essa chuva eterna já começa a dar nos nervos) e a suposta dieta alimentar do acidentado. Destoando da revolta geral, Malik retira de dentro do casaco a moreia, formato folheto/cartão, lambuzando-a sem querer de maionese. Abaixa-se e a coloca no bolso do pequeno acidentado enquanto as viaturas e suas sirenes ambulânticas dobram a esquina. Satisfeito com a sua diligência, Malik dá uma grande mordiscada em seu cachorro-quente e atravessa a rua no sinal vermelho, em direção ao centro da cidade.

***

A chuva, determinada a atingir a perenidade, dificulta o passo, mas estranhamente estimula o coração. Era a novidade do momento. Quando o senso comum aceitou (os cientistas sabiam tudo) que não havia previsões para o fim da afluência, a reação geral foi de completa catatonia espiritual e física, de entrega do corpo e da alma ao Apocalipse chuvoso. O comércio, as ocupações, a troca, o amor, a solidão, o desejo, tudo foi virado do avesso, retirado do seu lugar comum, do seu ponto de equilíbrio (ilusório, sim, e daí?). Tudo levado pela enxurrada até que, por fruto do hábito (a maior força motriz que há no mundo), puderam ser novamente coalhados, taxionomizados e desdenhados pelo espírito. Isso, esse processo coletivo de depuração, durou cerca de dois meses. E aí, nada mais era como antes.

Malik caminha na frente, segurando seu ainda inacabado cachorro-quente e encarnando o alter ego do cidadão solícito, o guia naquela nevasca tormentosa. Do jeito que as coisas iam, não se surpreenderia se do canto escuro de uma viela saltasse uma matilha de lobos açoitando seu provável almoço ou mesmo um urso pardo, que não aceita coletivos. Envolto nesse emaranhado animalesco de pensamentos hostis, ele ajeita o quepe militar que protege a cabeça, meio enviesado, com os cabelos negros encaracolados fugindo pelas rabeiras, o que lhe confere um estranho ar mediterrâneo de pescador de ostras. Baltazar o segue como uma sombra, tentando acompanhar o passo enquanto desfia impropérios que subiam desde as canelas, molhadas pelo acidente com uma poça.

Os dois últimos do grupo, um pouco mais atrás, formam um casal: o uruguaio e Estér, que andam de mãos dadas. Mãos coladas que lembram as de amantes, mas que se tocam, na intimidade, como as de uma enfermeira e seu idoso paciente terminal. Ele ainda leva um copo na mão, de onde beberica um café fumarento. Enternecido pelo calor da bebida e das mãos de Estér, o uruguaio exibe uma expressão tranquila, chegando a assobiar algumas notas desencontradas. Logo um sorriso floresce em seu rosto. A melodia, de forma sorrateira, abrira a gaveta onde dormia seu gosto poético lusitano, evocando Álvaro de Campos com forte sotaque espanhol.

— Se te queres matar, por que não te queres matar?/ Ah, aproveita! que eu, que tanto amo a morte e a vida,/Se ousasse matar-me, também me mataria.../Ah, se ousares, ousa!

Estér se agarra um pouco mais ao seu braço e esfrega-o aumentando a circulação sanguínea, autorizando-o. Ele aceita o convite.

— Es el más sabio de ellos. No habría ningún Caeiro o Ricardo sin Álvaro. Es el que Pessoa quería encarnar completamente. Es quien debería pensar que haría a Ofelia verdaderamente feliz. Un personaje sin flema, sin el *mélas cholé* tan cômodo. — Os dois pulam uma poça traiçoeira, os braços colados, ainda seguros.

— Não é correto abraçar uma tese, assim, tão apaixonada — aponta Estér, sabidamente pedante. Nunca lera Fernando Pessoa, muito menos seus outros eus. — É mentira que ele tenha alguma vez se projetado em algum dos três.

Se não me foge a memória, eram eles que procuravam tanto o poeta, que buscavam mimetizar, nas ações e nos amores, muito mais dele do que o inverso.

— Es muy común confundir al acosador con el perseguido. En la vida...

— São mais de cem! — grita Baltazar por sobre os ombros, irritado. — Não são só três, são mais de cem! Diabos!

— Sí, lo son — observa o uruguaio — psicológicamente, sin embargo, creo que son sólo media docena de arquetipos, algunos mal construidos... Incluso creo que uno es un boxeador...

— Era — interrompe Estér. — A esta altura já está morto e enterrado. No mais, concordo que entre o três e a centena correm aí muitos humores possíveis. Existe muita sutileza. Um sonhador amargo não é a mesma coisa que um avinagrado utopista. — Estér sabia ser cínica intelectualmente.

Calam-se. Cada qual indo se refugiar debaixo da própria carapuça. O cheiro da chuva — que agora não era mais cheiro de alguma coisa que se cheirava e se notava, era tão somente o cheiro de existir — os transportava para outro lugar, um lugar esotérico, que lhes dava uma sensação mortiça de estarem levitando, como espectros. Mais algumas pernadas e despontam em uma encruzilhada, afogados em bruma. Juntam-se em uma roda que não conversa entre si. As ações, a partir desse momento, passam a ser tacitamente aceitas e previstas. Baltazar enfia a mão por dentro do casaco, tirando um objeto embrulhado em veludo roxo, que logo se revela uma inadequada pistola Luger. Ele a analisa, checando a empunhadura e a mira. Vira-se para o jovem uruguaio com o copo de café.

— E então?

O rapaz faz que sim com a cabeça e vira o restante do líquido na garganta.

— Quer tentar? — acena Malik, que acabava de vestir um par de luvas de couro.

O jovem nega balançando a cabeça.

— No tengo razón para pensar que esta vez va a ser diferente, prefiero no.

Malik acata a decisão enquanto o rapaz quebra o aparente protocolo da situação e abraça Baltazar, sussurrando-lhe.

— Mi causa es la causa de nada.

Logo depois, se aproxima de Estér. Tira dos bolsos o celular, a carteira e um molho de chaves, entregando-lhe. Ela estranha, zombando.

— Por que você trouxe isso tudo?

Ele sorri.

— De nuevo... Gracias por venir.

Ele lhe dá um abraço antes de voltar-se novamente para Malik, dando-lhe um tapinha nos ombros.

— Malik, Malik...

Malik sorri discretamente, conduzindo-o até o meio da rua deserta. Ele oferece novamente a pistola.

— Você poderia tentar pelo céu da boca... Aqui ó... Segura com as duas mãos...

— No quiero, Malik. Es más bonito así, fruto de la solidaridad entre hermanos.

Malik não se importava de fato. A intenção era programática, institucional. Oferecia os meios porque achava que era assim que as coisas deveriam funcionar. *Ou eu facilito ou eu executo. Mas nessa ordem, necessariamente.* O que vem depois é automático, como uma máquina de xerox. Malik empunha a pistola, estrala os ombros com notável controle corporal e, estendendo o braço, mira a testa do rapaz, que não esboça nenhuma reação além de cerrar os olhos à meia-taça.

— Hasta luego — despede-se o uruguaio.

A onda do tiro atravessa a névoa, reordenando suas gotículas de água, resultando em um estranho desenho opaco, suspenso no ar. Estér não se contém e solta um grito, abafado pelas mãos levadas à boca. O rapaz cai estirado no meio da rua, ainda agonizando. Baltazar olha para cima, encarando a chuva fina, incessante.

— Não é possível essa água não acabar, já estamos quase em setembro...

Malik se aproxima do corpo tremeliquento, mira e dispara novamente. Outro desenho surge no ar. Diferente do primeiro, esse se assemelha a um dragão ferido tentando sair afobado do meio de uma cerração. Estér só consegue apertar as mãos, uma contra a outra, passando a vertigem de lá pra cá e de cá pra lá.

Baltazar se agacha para se certificar do êxito do suicida e, ao se levantar, recebe a arma de volta.

— Estou com fome — diz Malik.

Baltazar esfrega as mãos, consulta as horas no relógio de pulso.

— De acordo. A essa hora o *Almeida* ainda está aberto.

— Poderia comer umas sardinhas agora, com toda a certeza... — completa Malik.

Assim, imersos repentinamente em delírios gastronômicos, ambos se distanciam sem mais se preocupar com o corpo agora inerte do uruguaio. Despedem-se de Estér com simplórios acenos, deixando-a sozinha na chuva.

* * *

Até o fim da vida, Malik vai ser responsável por apertar o gatilho de dezessete execuções à queima-roupa. Seis homens, oito mulheres, um porquinho-da-índia e um casal de idosos. No intrincado mundo em que vive, é um benfeitor, alguém sem a inconveniente trava do medo e do remorso. Fruto de muita racionalização *Anarco-Steineriana*. O poder do indivíduo, o crime do castigo, a constituição ilegal. Soma zero e dezessete suicídios no currículo. Nunca vai chegar a perceber a contradição. O *dégradé* moral é tão sutil, tão maravilhosamente amalgamado à sua percepção da realidade, que ele sequer entenderia a colocação.

Fugira de seu país natal, com os filhos e a mulher, prevendo o amanhecer de uma guerra civil que não teria poupado nenhum deles. Chegou de peito aberto em uma terra estrangeira cuja sociedade tem muito orgulho de sua formação multifacetada e nenhum preparo mental orgânico para entender a sua gênese e tampouco a sua consequência. Alojou-os em uma das casas úmidas destinadas aos trabalhadores das docas, casas sem madeira seca, mofadas por convicção, alheias aos seus habitantes internos. Acomodada a prole, Malik passou dias sentado no degrau da porta da frente, fumando seu cigarro e observando aquele novo meio ambiente (naquela época ainda não chovia), entendendo que tinha pelos seus uma dívida que lhe parecia impagável porque não sentia sua natureza, não conseguia espiar sua real forma, só a sentia arder, como uma úlcera violenta, quando os olhava nos olhos.

A condição de suicida convicto, entretanto, viera muito antes, e trouxera-a consigo escondida na bagagem. Aos quatorze anos, recém-egresso do serviço militar, tinha decidido morrer aos poucos, planejando a morte aos trinta e oito. Tinha decidido morrer porque, mesmo naquela idade, já sabia que por algum erro genético ou astral, algum cálculo cósmico equivocado, tinha cometido o erro tão infantil (é muito típico nos adolescentes) de sublimar precocemente seu espírito, antes do corpo físico. Mas, mesmo com essa clareza suicida, cometera um desvio no caminho. Criou laços. Laços, pensava ele, vítima da sensibilidade, que teria que desfazer antes de morrer. Mas não conseguira. Passou seus vinte e tantos anos na tentativa afobada de afastá-los. Os amigos caíram, derrotados pelo desdém voluntarioso e pela violência, mas a família resistiu. A mulher e os dois filhos. Sua âncora vital.

Teve contato com o Clube depois de assistir, por acaso, uma das atividades semanais de seus membros enquanto trabalhava como segurança no porto. Tinham tentado afogar um rapaz pelos pés, mas o sujeito não conseguia parar de rir e se debater. Foi ajudar, solícito. Acabou sujo, molhado e bêbado.

Dois dias depois, acompanhava sua primeira palestra — *Issei Sagawa e a poética canibal* (brilhante exposição) —, convencendo-se de que ingressara naquela seara pela ambição intelectual de se informar. Mas novamente calculou mal o passo. Devido ao seu passado militar e sua perícia no manuseio de armas de fogo, logo foi tomando conta da tarefa de facilitador. Hesitou muito em aceitar a função, sabia o que lhe esperava. Já tinha sentido aquela sensação antes, não queria experimentá-la novamente, sabia o devaneio que aquele poder perpetrava, os canivetes que fazia chover sobre sua cabeça. O primeiro disparo foi fatal como o primeiro trago. O único suicídio realmente difícil de assimilar foi o primeiro, pelo que representava, pela correnteza irrefreável que encerrava. Os demais só confirmaram o que Malik já sabia. Era uma célula cancerosa no tecido social. A maturidade o levou a aceitar a condição, até mesmo a se sentir bem com ela, como uma depressão mal curada, mas sob controle.

***

— Nunca soube que se tirava a baba do quiabo assim.

A conversa estava dura, áspera, foi necessário o respiro.

— Você já me viu fazendo milhares de vezes — a mulher diz, com algo no tom da voz que denota uma esperança de trégua —, não é como se fosse a primeira vez.

Silêncio. Alguns segundos de aceitação. Pronto. Trégua aceita. *Tudo bem* — Malik pensa. — *Não se fala mais naquilo, até porque minha cabeça já dói. Preciso de um cigarro.* A louça do dia anterior é sua responsabilidade, ele sabe. *O feijão endureceu na panela de pressão, vai dar trabalho.* Da sala vem o som ruidoso da televisão ligada no noticiário. *Não sei como duas crianças de sete anos se interessam pelo noticiário, ainda mais por comentários de economia.* É provável que o quadro momentâneo de pobreza exerça algum papel sórdido nesse jogo. Se esse for o caso, tem os dias contados.

O soldo na Portos Nacionais é mais do que suficiente para o mês e para o fundo secreto que Malik vem cultivando. Vai dar no mínimo para chegarem ao fim do curso técnico.

Os filhos são gêmeos, um surdo e o outro mudo. No vocabulário de Libras desfiam mais termos financeiros do que, por exemplo, literários: *Blue Chips* ao invés de *Ghost writer*, *Açambarcamento* (um crime, papai, venenoso. Venenoso e vil) no lugar de *Anadiplose (*a *Cárnea*, não a *Oblíqua).* Certa vez, caminhando por um Museu cujo nome me foge, um deles estacionou defronte a um *Artemisia Gentileschi:* a famosa decapitação de Holofernes. Malik esperou a inevitável reação. Pelo início lento dos movimentos das mãos, quase como alguém que soletra, ele jurou que a tão esperada frase começaria com um pedante *Alegoria* ou algo mais sensível, como *Deveras harmosioso*, mas o gesto posterior dos dedos o decepcionou, revelando-se um estéril *Alavancagem contábil.* Dos Mários, preterem o Andrade a favor do Simonsen, qualificando-o como um exímio enxadrista, embora detestem seu papel como ex-ministro de Geisel (são todos anarquistas por aqui).

— O cheiro desse tabaco é nojento — ela fala sem o olhar, ainda enxugando os quiabos (muito, muito quiabo ainda).

Mal tinha acendido o cigarro. Além do mais, teve a decência de se encostar na janela, baforando para a noite chuvosa, muito úmida, o que dá mais corpo ao baforamento. *Sempre fumei sem tragar, o que me atrai é a fumaça.*

— Então me vou! — Malik atira a panela de pressão na pia, virulento, épico, muito bem dosado. — Vício é uma coisa que se sacia! — Pronto, mais nenhuma palavra é necessária, enterra-se *aquilo* com essa bela frase sem sentido e caminha-se para a frente.

— Pode ir, longe de mim me colocar entre alguém e sua necessidade. Já estou acabando. Se esperar posso te acompanhar, mas eu vou de guarda-chuva.

Silêncio. *Como ela consegue?* Era sempre assim. Dobrava-o pela falta de confronto. E Malik não pode se posicionar sem confronto, sem sentir um peso estranho o impelindo a agir, sem a fome para lhe fazer comer ou o sono para lhe fazer dormir. E ela não era nenhum dos dois, nem fome nem sono. Nem potência. *Agora já não sei se espero ou se me vou.* Resolve se concentrar na figura da mulher, tentando um novo desvelamento. Ficam alguns minutos assim, ele encostado na janela, fumando, e ela lavando os quiabos. Malik devaneia. *Certa está ela em descarregar toda essa energia, toda essa virulência verbal reprimida na lavação dos quiabos e nessa perna que não para de tremer — em uma versão caseira de mantra jainista sobre o universo e os cinco mundos: Lava o quiabo, seca o quiabo, e lava o quiabo e seca o quiabo, lava o quiabo e seca o quiabo, e...*

***

Pela segunda e última vez na vida, Malik chega atrasado à reunião. Esgueirando-se silenciosamente, senta-se, como sempre, na oitava cadeira da fileira encostada na parede dos janelões. A voz do hippie, um homem de cinquenta anos, de maciço bigode grisalho e porte de granito, duro e primitivo como um Neanderthal, domina as atenções, enquanto Malik se acomoda na cadeira fria, esfregando o cabelo para tirar o excesso de água da chuva.

— Eu poderia, mas da ponte não me veriam mais do que aqueles urubus cinzentos...

A senhora com quem ele aparentemente discute — a velha matrona italiana —, já irritada com o que ela considera uma petulância do senhor, revira os olhos, debochando.

— A verdade é que esse senhor quer despejar toda essa esnobeza em cima da cabeça das pessoas...

Calmo, olhando os próprios botões do casaco de flanela, o hippie não se deixa intimidar:

— Com os anos perdi toda a agudeza e a rapidez de pensamento. — E levantando a cabeça com um sorriso por debaixo do bigode. — Sem elas é impossível discutir com essa mulher!

Malik sente vontade de rir e ri, porque, compreendeu rápido, eram assim as dinâmicas das reuniões. Um respeito mútuo baseado na ironia e no deboche. *Talvez funcione porque simplesmente nunca ninguém tentou algo parecido. É de se pensar se uma sessão do Parlamento, em tais termos, não resultaria em uma inédita confluência de pontos de vista. É de se pensar.* Até mesmo a matrona absorveu o golpe, ficando ligeiramente vermelha sem se constranger.

— Vou tentar colocar em poucas palavras. Meu avô era poeta e vou tentar acessar aqui um pouco da ancestralidade. — A retórica do hippie é muito pouco materialista. — Tudo o que eu peço é uma realocação das vagas, uma pequena exceção, já me demorei demais por aqui, meu filho completou dezoito anos, já pega em armas e se deixa cair nos quartéis... Já não verei mais nada de novo... Sou daqui o mais desesperado, inválido, descrente, atordoado e asmático...

O pensamento do hippie estava em consonância com o destrambelhamento de seu discurso. Era difícil para ele expor seus sentimentos de forma clara, uma vez que eles eram igualmente nebulosos para si mesmo. Se fosse capaz de expor de forma acessível aos ouvidos, diria que almejava um destino maior naqueles últimos instantes do que lhe havia dado até agora sua vida inteira, "*essa ingrata*", que é como ele chamava sua história. Queria morrer como Getúlio morreria, se este fosse aquele. Ainda um tiro, mas em plena multidão, aos olhos do povo, reconhecível e irremediável, inalterado e inabalável. Quer ele, enfim, a tão afamada morte pública.

— Não acho que a loquacidade de suas razões vá ter alguma influência — irrompe Baltazar, da tribuna, enxugando o suor da testa com um lenço de linho branco. — Todos aqui podem aludir aos seus próprios motivos com igual ou até maior paixão. Você sabe que o que está em jogo aqui não é a sua urgência ou o seu direito de escolher o método, mas sim a sua desagradável e decisiva presença física. Você deve se lembrar de que não é o primeiro a pleitear tal regalia e também de que nenhum de seus anteriores teve sucesso na empreitada. Uma morte pública, aos olhos de todos, é demasiado arriscada para a integridade do grupo. Mas, se ainda assim quiser esse tipo de desfecho, devo pedir para abrir mão do Clube e se resolver sozinho. Decisão a qual terá nosso total apoio, ainda que somente emocional. Não é de nossa lavra impor condições a nenhum de nossos sócios, inclusive qualquer um aqui que se dispuser poderá ajudá-lo, sem prejuízos, a não ser o de arcar com a responsabilidade acerca de seu ato para com as autoridades.

Corina, embora externamente emanasse seu onipresente ar *blasé*, ouvia toda a discussão com interesse. Mesmo já completamente incorporada à aura de entorpecimento moral que aquela convivência impunha, não conseguiu deixar de se sentir envolvida. Conhecia o hippie um pouco melhor do que a maioria em virtude de terem sido, por três anos consecutivos, os amigos secretos um do outro. Dois dos três mimos já se foram há muito tempo, mas o terceiro permaneceu: um narguilé, de cor vinho vibrante, com cavalos e flores de hibisco pintados a mão, que o hippie tinha adquirido, segundo seu próprio relato ébrio, em uma viagem ao norte da África. Ludibriara um ladrão que tinha acabado de roubar a peça em um mercado local de quinquilharias e que acabou se afogando em um poço. Corina ainda guardava a peça e a utilizava de vez em quando, mas na maioria das vezes o narguilé funcionava como vaso de plantas ou luminária.

— Eu posso acompanhá-lo. — A voz de Corina interrompe alguém, mas ela não se importa. — Posso te dar algum suporte, se quiser.

O velho hippie a encara sem alento. Acha aquilo a prova final de uma estrondosa derrota. Embora espere mais alguma manifestação de apoio, ela não vem, e ambos ficam se olhando, de uma forma desconfortável, por alguns segundos. Finalmente ele fala, ainda olhando para ela, mas se dirigindo aos demais.

— Esperava mais compaixão de um grupo tão atormentado.

O homem esperava que a frase caísse como uma granada na sala, mas o efeito se pareceu mais com um peido frouxo. Constrangido e visivelmente contrariado, o hippie volta até a sua cadeira, sentando-se pesadamente. De fato, tinha menosprezado o poder de resiliência que aquele grupo tinha cultivado, a capacidade de todos ali terem somente a si próprios e a suas consciências como garantia. *Este se esbaldou no pecado moderno* — pensa Malik. — *Provavelmente nunca vai entender que o que aconteceu aqui, hoje, é culpa exclusivamente sua e de sua falta de amor-próprio, de se tornar senhor de si mesmo, bater no peito e dizer "Eu atiro! Eu me jogo! Onde e como bem entender!". Teria tido mais adesões, com certeza.*

***

A hora do café, para Malik, é eminentemente mágica. A fábula se inicia sempre do mesmo modo, com todos os seus falantes colegas subindo as escadas de emergência em fila indiana, até chegarem ao terraço do edifício, onde ganham um imenso espaço aberto, adaptado com mesas e cadeiras, coberto com uma grossa lona que os protege da chuva. Também tinham montado um bar com a ajuda dos devotos da *Igreja Carismática da Terceira Onda*, com quem dividem os prazeres e os custos da empreitada. Apesar do contrassenso, a bebida alcoólica é liberada, embora o consumo se concentre, prioritariamente, nos cappuccinos. O ar carregado da chuva misturado às luzes improvisadas de lanternas chinesas dá à confraternização um ar de antessala do inferno.

Malik gosta de se drogar nestas ocasiões. Preferencialmente Cannabis ou LSD. Gosta de como, sob efeito lisérgico e estroboscópico das luzes coloridas, aquele mundo sem qualquer proteção, sem garantias nem regalias, ganha o status de uma obra Miyazakiana, na qual a qualquer momento, um daqueles indivíduos quebrados pode cair em uma teia pegajosa e irresistível de sonho, se transformar no que quiser e sair por aí, coaxando, grasnando ou farfalhando, e encontrando suas maiores aflições, temores ou anseios na forma de uma corrente de ar ou poça d'água que lhes olhasse de volta e oferecesse um guarda-chuva providencial contra aquela irritante garoa. E ao qual você se agarra como a um anzol, sorrindo na certeza de que ele te puxa para cima quando, na verdade, ele se revela uma âncora que te leva cada vez mais para o fundo.

Também é nesse contexto que Malik gasta alguns minutos analisando a estranha conexão formada entre o *Clube* e a *Igreja Carismática da Terceira Onda*. No começo, eram bem poucos os que apareciam e se enturmavam, na sua maioria jovens iniciados que mantinham algum grau de sanidade espiritual e ainda buscavam teimosamente as respostas e os indícios do divino nas relações humanas. Logo a pausa para o café se tornou um evento permanente e contava com a quase totalidade dos integrantes dos dois grupos. Para Malik, especialmente pós-entorpecimento, é óbvia a intersecção entre os dois mundos, o que une aqueles dois universos. *Nenhum deles teme a morte, mas a cultuam, tanto quanto nós* — pensa. — *Por que viver sem redenção quando a felicidade celestial está a apenas uma punhalada de distância? Me parece que os ensinamentos cristãos são, a princípio, um forte incentivo ao suicídio.*

Malik gastava toda a sua meia hora ali sozinho, e hoje não é diferente. Apesar da chuva o tempo parece um pouco mais aberto, e ele, debruçado sobre o parapeito, que não tem qualquer tipo de proteção mais incisiva, pode ver quase toda a extensão do centro da cidade, os prédios administrativos, os helipontos flutuando no ar escuro, piscando luzes vermelhas, o tráfego tortuoso de larápios, indigentes e apocalípticos lá embaixo, nas avenidas brilhantes pela água da chuva. Malik aproveita para lavar o rosto enquanto observa o quadro da metrópole. O próximo passo, inevitável, é dar as costas ao mundo exterior e concentrar sua atenção na turba com que compartilha aquele pedaço de céu, em especial o que restava de seu grupo de afinidade. Baltazar, como sempre indecifrável, prepara uma piña colada, divertindo três coroinhas que o tratam como uma espécie de Moisés abrindo o Mar Vermelho dos prazeres proibidos. Corina está sentada numa mesa empreendendo um eterno jogo de gamão com uma estagiária da administração da igreja. Os pensamentos de Malik vão e voltam enquanto ele observa Corina. A imagem dela oferecendo ajuda ao hippie retorna a sua mente. *Sei o que você está querendo sentir, e te adianto que não vai conseguir. Aquilo com que você tem mesmo que se preocupar é como vai fornecer a ajuda que pensa estar oferecendo. Não é assim tão simples como parece. Ninguém salva ninguém, garota.*

A sirene de uma ambulância o distrai, e ele se vira novamente para a cidade. *Onde eu tinha mesmo parado?* Ele coça os olhos, tentando um resgate da memória. Hora do terceiro passo. Nas últimas semanas, uma narrativa tinha tomado conta de sua imaginação, fruto de um sonho mal interpretado, e Malik gostava de usar uma terça parte daquela meia hora semanal para elucubrar a respeito. Ele começa com balbucios internos que logo se tornam uma torrente verbal incontrolável. *Eu pulava de prédio em prédio, um por um, como um jogo de amarelinha. Fugindo de alguém que eu xingava com todas as minhas forças de bundão. Bundão! E fugia porque esse bundão queria que eu fizesse algo que eu não queria fazer, e o jeito, portanto, era ir pulando de prédio em prédio, sem medo de cair, gritando o quanto ele era bundão e frouxo e idiota. No céu acontece alguma coisa pictórica, um evento extremamente grande e importante, mas muito difuso, que pra mim parece muito com as imagens de uma Aurora Boreal, mas como se filmadas em VHS. E, bom, ele acaba me pegando. Entre um pulo e outro, ele acaba me pegando. É muito melhor assim, que ele me pegue depois de uma grande caçada e me jogue dentro de um lugar grande e vazio, que é uma forma muito cruel e eficiente de fazer uma pessoa pensar. Felizmente é um lugar protegido da chuva e eu saio de lá, depois de um certo tempo, bastante mudado, decididamente mudado. O evento no céu não existe mais, mas o bundão ainda era um bundão, e eu é que tinha me flexibilizado. O impulso de fugir, de correr, me abandonou por completo. Me jogo na tarefa que me foi confiada, que é, nada mais nada menos, do que convencer outras pessoas a fazer coisas que elas não queriam fazer. Era revoltante, mas eu cumpro à risca, como combinado. De cima dos prédios eu convenço, passos dias convencendo. E adormeço. Quando acordo, tudo está como antes de meu convencimento, todos os que me ouviram já esqueceram tudo o que eu disse, toda a minha eloquência, toda a minha retórica borbulhante. Dono da razão, eu me revolto contra todos aqueles novos idiotas com vontade própria. É quando o bundão retorna e me diz, com a maior cara lavada, que eu estava sendo injusto e prepotente. Era só o que me faltava... Já me falaram que essa história, pelo menos até esse ponto, guarda incríveis semelhanças com a jornada do Jonas bíblico. Não me admiro e não me sinto um plagiador, afinal, os arquétipos estão por aí, soltos como pipas, é só esticar o braço e pegar.*

Um alarme começa a soar, irritante, de dentro do bolso de sua calça. Malik retorna para o terraço infernal. Baltazar está parado ao seu lado, saboreando sua piña colada, já quase no fim.

— Eu usaria uma música da próxima vez — diz o velho —, esses alarmes onomatopeicos ou são muito infantis ou sóbrios demais. A música, pelo menos, interrompe a sua vida com mais humanidade, é mais fácil de aceitar e menos agressivo.

Malik olha para o rosto eternamente cansado de Baltazar e sorri. Tira do bolso um relógio de mão, que ainda esperneia, se dando conta das horas. *Nove. Estou atrasado.*

***

Tudo tomara lugar alguns meses antes, em um trem interestadual onde viajavam Malik e os dois filhos. O trajeto era longo, pressupunha um pernoite no trem, e Malik só tinha conseguido pagar duas poltronas executivas. O vagão, àquela hora já escuro como uma região abissal, era dividido em duas fileiras de poltronas, estofadas com um couro sintético vermelho escuro e encostadas nas paredes, uma de frente para a outra. Este último sendo um fato extremamente desconfortável para uma pessoa tímida como Malik.

E estava lotado. Um casal de velhinhos, muito idosos, agarrados um no braço do outro como se recém-casados, um time de operários, quase todos roucos, uma senhora com uma criança de pouco mais de três anos e uma jovem, que chegara quase na partida do trem, um pouco atrapalhada, carregando uma bolsa grande. Vestia um casaco vermelho que parecia muito confortável e que se mesclava de uma forma estranha ao seu cabelo cor de mel, como se o casaco fosse uma espécie de adubo por onde o cabelo crescia e se alimentava. Sentou-se bem em frente a Malik, que tinha um dos filhos no colo. Logo depois surgiu o cobrador e, um por um, todos foram apresentando seus bilhetes. A jovem começou a chafurdar em sua bolsa, calmamente no início, mas logo com uma afobação que angustiou Malik. Não conseguia achar sua passagem e o cobrador, pouco amistoso, não lhe dava sossego. A moça balbuciava palavras de escusas com um forte sotaque estrangeiro que Malik não conseguiu identificar. Embora tudo o angustiasse cada vez mais — ela demorou bastante para achar o bilhete amarfanhado entre seus livros e pertences —, a situação acabou também por criar uma aura de simpatia ao redor da figura da moça. Sua atrapalhação era calorosa, muito humana, e parecia dizer respeito, de alguma forma, a todos ali presentes. Tão logo a aflição passou, ela se escondeu atrás de um dos livros que trazia consigo, *A desordem sutil – reflexões sobre a luta armada*, e se isolou do mundo. Foi quando Malik tentou dormir.

Já era noite larga quando, completamente desconfortável e irritadiço, Malik deixou os dois filhos sonados nas poltronas e foi fumar ilegalmente no vagão contíguo, destinado às bicicletas.

O vagão estava deserto e, como o céu estava sem nuvens, encontrava-se inundado por uma luz neon prateada que entrava pelas janelas vinda tanto da Lua quanto refletida nas pradarias de pasto seco ao redor. Malik acendeu um cigarro, sentou-se no chão com as costas escoradas na parede e esticou bem as pernas, soltando um chiado de satisfação. Uma tragada e põe-se a ler. Tinha levado consigo uma espécie de biografia casada, uma análise conjunta das trajetórias de Akira Kurosawa e Toshiro Mifune, chamada *O Imperador e o Lobo*, um senhor tomo de quase quinhentas páginas, em espanhol, o que contribuía para a leitura lenta, que já se arrastava por alguns meses.

Minutos de penosa leitura depois, a jovem do vagão surgiu, também fugindo de um indefinível incômodo, e com um aceno gentil de cabeça foi se refugiar na janela, acendendo o seu próprio cigarro ilícito. Após alguns segundos, ela se vira, o cabelo meio esvoaçado pelo vento, dirigindo a palavra a Malik. A voz sai com aquele forte sotaque estrangeiro, que Malik, em um estalo, finalmente associa ao francês.

— Sobre o que está lendo?

Malik fecha o livro quase que inconscientemente, deixando o indicador marcar a página em que estava. Ele olha para a capa do livro e estranha o movimento, como se tivesse esquecido sobre o que estava lendo e precisasse se lembrar.

— É uma biografia dupla. De um cineasta e seu ator.

A jovem dobra a cabeça, tentando ler o título.

— É espanhol?

— Comprei em um sebo de Mar del Plata.

A jovem se senta com as pernas cruzadas, apoiando-se na parede debaixo da janela. Do ângulo de Malik, a janela enquadrava a lua bem acima da cabeça da jovem, o que o lembrou da figura de Buda.

— Você fala muito bem o português — ela diz sorrindo. Ele não sabe muito bem o que o denunciou como um estrangeiro. Se o fiapo de sotaque que lhe restava ou se os contornos agudos do rosto.

— Já tem muito tempo que cheguei aqui. Até os sonhos e os xingamentos já me surgem em português agora.

Passaram assim algumas horas, enquanto o trem invadia o campo da madrugada. Falaram de livros, da noite, do frio, das línguas estrangeiras. Debruçados sobre a janela, Malik percebeu como a achava bonita. Descobriu que seu nome era Hélène.

— E como se diz "bonita", em francês?

— *Beau.*

— E "muito bonita"?

— *Très beau.*

Malik percebeu, sem espanto, que ela não captava sua intenção de flerte e se sentiu patético. Enquanto isso, ela continuava olhando para ele com interesse, como se alguma ideia passasse em sua cabeça.

— Queria te mostrar uma coisa — ela diz, de súbito.

Sem maiores explicações, Malik se vê sendo conduzido pela mão, através dos corredores silenciosos, cada vez mais rápidos, quase correndo, chegando aos vagões de leitos adormecidos, alguns ainda com uma luz débil, com ocupantes que jogam cartas. Tudo o que ele via era aquela escuridão recortada pelas janelas e o cabelo cor de mel da jovem que batia em seu rosto. Ela ria, agarrando a sua mão com mais força. Percorreram quase quinze vagões até chegarem ao fim do trem. O último vagão tinha uma porta no final, e nela uma pequena janela de vidro, onde Hélène colocou o rosto. Ela ficou alguns segundos em silêncio, observando, até que deu um passo para trás e cedeu o lugar. Ao olhar através do vidro, Malik viu os trilhos do trem, em alta velocidade, iluminados pela luz vermelha dos faróis traseiros. Como as luzes eram de fraca intensidade, tudo o que se via do lado de fora era uma abóboda vermelha que iluminava os trilhos até um certo ponto, esvaecendo logo depois na escuridão. Era como percorrer com uma lanterna débil o interior de uma enorme veia pulsante cheia de sangue.

— É bonito, não é? Sempre que viajo à noite venho aqui em algum momento — diz Hélène.

Malik ficou quase dez minutos observando aquele padrão frenético, impactado pela sensibilidade daquela proposta, que ele não entendia, e pela leve embriaguez que o sono começava a cobrar. Voltou os olhos para Hélène e não conseguiu dizer nada, nenhum comentário lhe vinha à cabeça. Sorriu e colou novamente o rosto no vidro. Hélène não se impacientou em nenhum momento, parecia respeitar e, mais ainda, admirar a disponibilidade de Malik. Voltaram mudos para o vagão das bicicletas e ficaram o restante da madrugada sentados um ao lado do outro, se escorando mutuamente, finalmente sonolentos e cansados.

Malik não dormiu. Tampouco leu. Ficou olhando as formas de luz e sombras no interior do vagão, sentindo a proximidade de Hélène. Assim o dia clareou, os meninos acordaram, a vida voltou a correr. A intimidade dos dois se rompeu, naturalmente, sem esforço, enquanto se preparavam para desembarcar. Pouco antes da descida, já com as malas prontas para partir, Hélène se aproximou de Malik, entregando-lhe um desenho rascunhado em papel de caderno. Algo como um amontoado dc temas, motivos e palavras, com um traço bastante livre e sujo, claramente representando vários momentos distintos de impulsos criativos.

— Pra você, de lembrança.

E saiu do vagão, aos trambolhões, quase derrubando um senhor que passava distraído. Não olhou para trás. Pelos meses seguintes, sempre que Malik recordava daquela noite, a lembrança lhe vinha toda em vermelho e cinza. *Muito bonita e etérea*, pensava.

***

Estação *Tertúlia*. Malik nunca tinha ido tão longe naquela linha. Passou a viagem inteira de pé, tentando decifrar como Hélène o tinha achado. Não trocaram endereços, nem telefones, ele não sabia seu sobrenome e nem ela o seu. Se lembrou da tia adepta da adivinhação pela borra do café e, por conseguinte, do poder da magia que ele fizera questão de afogar em um profundo vaso de ceticismo.

Ele desce na estação suspensa, e, minutos depois, Hélène surge como combinado na plataforma. O mesmo rosto, o mesmo existir desengonçado. Malik sorri, e eles se abraçam. Como na *Noite dos Corredores Silenciosos*, Hélène conduz Malik pela mão, debaixo da chuva fina, prometendo o aconchego de um bar não muito longe dali. Mal se falam durante o trajeto, já satisfeitos momentaneamente apenas pela proximidade dos corpos e também um pouco pela distração de Malik, que nunca havia estado naquela parte tão icônica da cidade. É uma área pobre e fervilhante, características que seduzem Malik, e palco ainda inalterado dos turbilhões sociais de pouco tempo atrás. Por entre as barracas de culinária turca, onipresentes nas calçadas, Malik vislumbra as velhas construções esburacadas de tiros, que permanecem de pé, posando como obras de arte contemporânea. Espia também os memoriais das personalidades oficialescas agora pichadas com os nomes dos verdadeiros heróis de uma guerra há pouco terminada, mas não resolvida. Sobre uma tabuleta de cobre dedicada à ode de um soldado caído, uma pichação anuncia: *Perdoa-se, mas não se esquece.* Tudo ali cheira a iminência, tanto de disruptura quanto de permanência. Um grande e humano contraste.

O bar é uma espécie de casa antiga, de pé-direito alto e vários cômodos escuros. Não tem mesas, apenas sofás e cadeiras que rodeiam caixotes improvisados como mesinhas de centro. E um balcão, largo o suficiente para cinco ou seis pessoas. O dono/atendente é um rapaz alto, de camisa xadrez azul e verde, que recebe os dois com um largo sorriso. Sentam-se no balcão e começam a beber. A empatia da noite no trem retorna como o fluxo da água em uma represa recém-liberada. Fácil, potente e controlada. Bebem com prazer e profundo conforto. O rapaz de camisa xadrez se junta à conversa, tornando o clima muito amigável. Já conhecia Hélène de outras noitadas e pareceu gostar de Malik sem reservas.

Em dado momento, já entorpecido, Malik se levanta para ir ao banheiro. Mais cambaleia do que caminha. No cômodo seguinte se depara com um grupo de quatro rapazes, sentados em dois sofás, que o olham e parecem comentar sobre ele. Malik entra no banheiro e, depois de mijar, para diante do espelho. Lava as mãos e molha a nuca. Observa-se longamente e só consegue pensar em como estava longe do tédio. Lembrou que tinha se esquecido de perguntar a Hélène como ela o tinha achado, mas, sinceramente, não se importava mais.

Enquanto Malik espia as rugas do próprio reflexo, logo abaixo, na pia, uma gota curiosa se esgueira para fora da torneira mal fechada e, roçando o espaço como se buscasse fôlego, pinga para cima, passando bem em frente ao seu rosto e indo se juntar a uma mancha de fungo no teto. Malik levanta o olhar esperando ver o seu rosto refletido em um espelho d'água, mas o embaçamento do álcool transforma a mancha em um pântano de três dimensões, que se move lentamente como uma massa grossa em ebulição.

Ao retornar, os mesmos quatro rapazes ainda estão lá, conspiratórios, mas Malik não lhes dá atenção. No balcão, o aguardam Hélène e um copo de absinto francês. As duas imagens, a de Hélène e a do líquido verde, causam uma estranha sensação em Malik, que não se dá conta do impulso, tampouco faz força para contê-lo. Uma urgência de falar se impõe como uma praga de gafanhotos. Vira metade do copo e começa.

— Desde menino que tento me matar uma vez a cada década. É como um teste, uma comprovação do merecimento de estar vivo. Moro sozinho, como sozinho, durmo sozinho. Tenho um trabalho no porto, razoável, sem rotina, o que é bom porque sou avesso a qualquer hábito... Sou filho de imigrantes turcos, mas tenho pouco contato com esse passado, tampouco me interessa. Não me sinto filho de nenhuma pátria, sou um apátrida convicto, gosto dessa condição, acho mais humana... Levemente paranoico, não tomo nenhum medicamento. De vez em quando fumo maconha e o efeito é variável... Posso ampliar ou reduzir a paranoia...

Hélène é apanhada pelo fluxo e se deixa levar. A chuva aperta o compasso. De onde está sentado, Malik consegue contemplar o aguaceiro que castiga o grande janelão que dá para a rua. Não sabe por que começou a mentir e, embora nunca tivesse pensado nisso, o relato saía aos borbotões, completamente coerente, como uma existência que sempre esteve ali, invisível dentro dele, e que agora vinha à tona de uma só vez. Durante o frenesi, seu olhar encontra um muro de tijolos vermelhos com uma pichação: *"Olá, sociedade, diga-me a sua taxa de suicídio e eu lhe direi o seu grau de sofisticação cultural"*. Uma gota presa no vidro, a maior de todas, começa a escorrer para cima, em sentido contrário ao das outras. Malik toma fôlego e vira o restante do copo. Em segundos estão novamente na rua.

***

O trajeto até o próximo destino é, para ambos, uma incógnita. Quando voltam a usufruir da consciência, estão sentados nas valetas cimentadas de um dos canais fluviais que cortam a cidade. Na água indolente, bem em frente aos dois, um bando de patos segue a correnteza invisível.

— *... deux canard, trois canards* — recita Hélène.

— Que bonitinho. *Canard...* Como fala bonitinho? Um pato bonitinho?

— *Bonitinho* não dá. Dá *bonito. Un beau canard.*

— Então um *beauzinho canard.*

Onde é que estão chegando com tudo aquilo? Malik tem certeza, e Hélène também, de que caminham para alguma direção, mas nenhum dos dois vislumbra muito o desfecho. Não existe exatamente tensão sexual, embora ele a ache extremamente bonita. Em termos estritamente formais, não há flerte, mas um sincero interesse mútuo, e nenhum dos dois pode ser classificado como um maníaco psicopata com intenções hostis. Assim, sitiados por incertezas, confidenciam. É a vez de Hélène.

— Estou na faculdade, Ciências Sociais... Também escrevo, algo entre a poesia e o relato cru... Meus pais moram na França, fabricam manteiga e me custeiam parcamente. Moro com uma amiga naqueles centros habitacionais do final da Ala Oeste, aqueles prédios todos iguais... Já não acho, sinceramente, que algo funcione em nossa sociedade sem que a força física tenha um papel central... As pessoas, as boas e as más, só respondem à violência...

Malik tem certeza de que ela mente, assim como ele mentiu, e tal certeza o enche de uma profunda sensação de bem-estar, de proteção. Ela o protegia, quanto mais pormenores mentirosos mais proteção, dando-lhe a condição de conhecer alguém sem conhecer alguém. Tornando possível, assim, que ele se visse livre do peso de ter que prestar auxílio, deferência ou respeito a uma existência verdadeira, podendo sentir afeição ou desprezo sem culpa, sem nenhuma censura. *É a isso que deveríamos chamar de liberdade*, pensa.

***

Malik mija atrás de um carro, protegido da chuva por uma árvore gigante, de grandes folhas redondas. Hélène o aguarda debaixo de uma marquise, olhando na direção do rio, agarrando os braços, finalmente sentindo frio. Tem nas mãos uma misteriosa garrafa de rum, que sabe-se lá como veio parar ali.

— Quero te apresentar para uns amigos — ela diz.

Andam abraçados em direção à ponte. Mais precisamente a um terreno baldio bem próximo dela, com uma das laterais beirando o rio e de onde emergem algumas barracas. Ao redor delas, uma fogueira, mitigada pela chuva, teima em queimar, iluminando um imenso camaleão lisergicamente sorridente desenhado no paredão formado pela lateral de um prédio que limita o terreno em um dos lados. Os dois param a alguns passos da fogueira, e Hélène se adianta em direção a uma das barracas, a maior delas, deixando Malik e a garrafa de rum sozinhos na chuva, encarando o camaleão prestes a lhes devolver o olhar. Ele analisa a garrafa, já praticamente vazia, e se distraí com algo no chão. Um brilhoso taco de golfe e uma dúzia de foscas bolinhas brancas. Hélène retorna pouco antes da sétima tentativa de Malik em acertar com as bolinhas o olho vesgo do camaleão.

— Eu falei que íamos entrar... É um conhecido antigo. Pensei que você poderia explicar como funciona o Clube, a intenção, a ideia de ajuda...

Como ela sabe?

— Eu não sou vendedor de seguro, não ganho comissão por cada alucinado que entra naquele lugar. — A resposta sai rangendo, como a boleia de um caminhão.

— Ele só precisa entender. Saber que é real e possível, que *existe*.

Mas caralho, como ela sabe?

— Eu nunca fiz isso, nunca convenci ninguém.

— Tudo bem, não estou lhe pedindo para convencê-lo de nada, só para entrar e conversar. Não foi premeditado. Ele só está curioso e, no mínimo, pode ser uma pessoa muito interessante.

Embora o *pode* o tenha deixado levemente desconfortável, Malik aquiesce. Não se sentia proibido de falar *naquilo*, só sentia preguiça do tipo de pessoa a quem o Clube normalmente interessava.

— Como é o nome dele?

— Mastim, como o cachorro.

Enquanto caminham até a entrada da barraca, Malik finalmente observa o ambiente do acampamento. Copos e pratos sujos amontoados em um canto, algum lixo aqui e acolá, objetos caídos. Uma desordem calculada. *Parece a toca de um furão* — pensa.

Ao atravessarem o limiar da barraca, entram em um submundo quente, onde um forno de ferro fundido enche o recinto de vapor. Bem ao lado da entrada, uma estante exibe diversos livros de História e Política. Do lado oposto, numa pequena mesa que tangencia uma poltrona, cochila um exemplar de *A Idade da Razão* e, logo abaixo dele, diversas revistas masculinas. Na pontinha da mesa, um porta-retratos de um homem rechonchudo, de calças e pulôver marrons, por volta dos 30 anos, andando numa plantação de papoula. No fundo do recinto, Mastim está sentado em uma escrivaninha, de costas para eles. Ao se virar, sorridente, Malik percebe que usa o mesmo pulôver marrom da foto e está menos rechonchudo. Já a idade agora parece uma incógnita infinita, e Malik apostaria em, no mínimo, 50 anos.

— Tenho uísque e gim — Mastim anuncia, feliz.

Malik tenta se confortar. Olha para Hélène, que já se serve de um pouco de gim. Sente a cabeça girar.

— Eu acho que vou segurar um pouco.

Mastim já está debruçado novamente sobre a escrivaninha, onde tem toda a concentração focada em um diminuto objeto que manuseia com as mãos. Fala sem se virar.

— Eu preferiria que você bebesse também — diz Mastim —, os outros quase não bebem... É muito solitário.

— Um gole então, pequeno.

Hélène serve uma dose de gim em um copo de plástico e entrega a Malik, que o mantém na mão sem beber, como um castiçal.

— Então, vocês costumam fazer como?

Malik é pego desprevenido. A pergunta veio muito direta. A resposta sai com um estranho ar professoral.

— Como a pessoa preferir. Mas no geral a confusão mental é tanta que o grupo acaba decidindo e a pessoa dá o aval... Pessoalmente prefiro uma arma de fogo.

— Você escolheu um tiro?

— Eu prefiro auxiliar com um tiro. Na minha vez ainda não decidi.

A situação já apresentava os sinais perigosos que Malik tinha aprendido a identificar no álcool. Aquela sensação de que o mundo onírico chegava arrasando tudo, cavalgando bodes e búfalos, vestindo balaclavas e brandindo imensos Hunga Mungas medievais.

— Por que vocês não oferecem um serviço ao invés de um clube? Não é mais fácil agir pela demanda?

Malik se surpreende novamente, dessa vez pela impertinência. Decide sentar no chão, longe do forno, que agora lhe parece um dragonete adormecido.

— Porque não somos assassinos. Isso que você falou já existe. Se chamam matadores de aluguel. E são bastante eficientes.

— Existe quando não é para consumo próprio. Nunca ouvi um caso de um matador de aluguel contratado para matar o próprio contratante.

— Duvido que algum recusasse a oferta.

— Ainda me escapa a diferença entre vocês e eles...

O tom na voz de Malik é de impaciência crescente.

— A diferença, Mastim, é de ordem lírica. É como a diferença entre um memorando empresarial e uma poesia. Burocracia e beleza. Eu suicido por sinceridade, por raiva, por amor... O matador mata qualquer um igual, pra mim é sempre diferente.

— É sempre você?

— De uns tempos para cá, sim. Aparentemente fui o único que conseguiu fazer mais de uma vez até agora. Mas é um processo consensual, não imponho nada. E falo de meu grupo, ignoro como são feitos nos outros.

— São vários grupos?

— Sim, todos autônomos entre si. Você escolhe o seu por afinidade, no tempo que precisar.

— Quanto é a mensalidade?

— Quinhentos reais. Boleto ou crédito. Dinheiro tem dez por cento de desconto.

— Caro.

— Sim, é caro. Caro como um psiquiatra.

Mastim se levanta levando seu copo vazio junto. Caminha até Hélène, que segura a garrafa como um gato oprimido. Finalmente, Malik percebe o que tomava a atenção de Mastim. Largado na mesa da escrivaninha, ele vê fios, algodão e um pássaro e um camundongo mortos. Os objetos de trabalho de um taxidermista. Aparentemente, a julgar pela quimera em cima da mesa, o sujeito estava unindo a cabeça e as asas do pássaro ao corpo rosado do camundongo. Taxidermia Pária, ao melhor estilo da *The Minnesota Association of Rogue Taxidermists*. Mastim fala enquanto se serve de mais uma dose.

— Eu poderia comer até morrer... Ou dançar?

— É possível. Já foi feito, acho que um pouco antes de eu entrar, um cara chamado Nestor, não, Agenor acho... — divaga Malik, espreguiçando-se no chão de terra batida.

***

Hélène não sabe como veio parar, sozinha, do lado de fora. A chuva, a essa altura da madrugada, é algo próximo de uma bruma translúcida e viscosa, e Hélène está sentada em um toco gelado de madeira à beira da fogueira, muito longe em pensamento. *O camaleão é uma novidade* — pensa. Há poucas semanas, o paredão exibia um desenho geométrico em três dimensões, que parecia estender uma ponte até o observador e que tinha roubado muitas horas da preciosa concentração de Hélène, sentada naquele mesmo toco enquanto ouvia as conversas e as músicas que seus amigos tocavam em velhas gaitas.

Costumava frequentar muito o lugar, gostava de conversar com as pessoas dali, em sua maioria na faixa dos 40 anos, oriundas de uma classe média melancólica, que resolveram mudar radicalmente de vida. Era uma existência dura, sem dúvida, mas Hélène achava aquelas pessoas iluminadas. Não exatamente de uma forma esotérica, mas iluminadas como um lampião no porão escuro de um navio em turbulência no meio de uma tempestade. *Gostaria de ter um exército de tipos assim. Com essa postura indolente e livre* — ela pensava. Ela mesma já tencionara se mudar para lá, mas tinha decidido que precisava ajeitar certas coisas na vida antes de dar tamanho salto. Ainda tinha um prazer sádico de frequentar as aulas da faculdade, de zanzar pelos corredores de Antropologia como alguém que se sente acima dos demais, pressionando as certezas dos outros para melhor lidar com as próprias, uma loba em pele de cordeiro. E, para além de tudo, também tinha asma, uma condição fatal para alguém que pretende morar praticamente ao relento e tão perto da umidade do rio... *Pá!* Um estampido alto e agudo devolve saliva para a sua boca seca. Ela toma um susto. Olha em direção à barraca, se aprumando. Outro estampido, agora claramente um tiro. Ela leva as mãos à boca. Após alguns segundos, Malik sai da barraca, limpando o cano da arma da mesma maneira metódica de sempre.

***

A canção de Hélène preenche o ar de suspiros de água à medida que as ondas sonoras batem e desintegram as gotas de chuva que caem grossas. A letra da canção, em francês, fala de enterros, coveiros, terra, serenidade e eterno retorno. Malik não lembra o que a motivou a cantar, só tinha uma vaga sensação de que a letra era direcionada a algum pensamento aleatório que ele tinha vocalizado em algum momento entre a saída do acampamento e a travessia da ponte que agora empreendiam.

— Não fala exatamente de alguém que cava a própria cova, mas a ideia é parecida... — conclui Hélène que tinha parado de cantar e agarrava novamente o braço de Malik, tremendo de frio.

Cova. Era isso, minha própria cova.

Logo chegam ao limiar da ponte e, subitamente, entram no vasto mundo das avenidas largas cheias de prédios iguais, cada um ostentando desenhos e pichações gigantescas nas suas laterais, um mais incrível que o outro. Caminham, e Malik perde gradativamente a noção do tempo e da distância, não tendo mais referências depois que a ponte sumiu lá atrás, mesmo com eles andando em linha reta todo o tempo. Estava cansado e precisava mijar novamente. Sai do torpor com Hélène puxando seu braço e o conduzindo por um dos infinitos cruzamentos desertos, apontando para o prédio da esquina, onde uma enorme lagartixa de olhos vermelhos, marrenta e de casaco de pele, fuma maconha.

— É aqui — ela diz.

***

O que mais lhe espantou foi o chuveiro dentro da cozinha. Um box de vidro ao lado da mesa de jantar e defronte à pia. Vez ou outra durante o restante de sua vida aquela imagem surgiu de repente, como um espirro inesperado, e ele nunca entendeu a lógica, sequer suspeitou de qualquer motivo. Enquanto tirava as botas na porta de entrada, imitando Hélène, Malik encarava o quadrado de vidro ainda molhado, provavelmente do último uso.

— Minha amiga deve estar no quarto — Hélène fala, tirando uma toalha de banho do encosto da cadeira.

Mais uma mentira.

— Onde é o banheiro?

— Primeira à esquerda. — Hélène aponta com o queixo.

Então existe um banheiro. Malik caminha pelo corredor ainda matutando. *Deve ter algo a ver com a água quente...* Passa pela porta fechada do que supõe ser o quarto e censura a tentação de encostar os ouvidos e escutar. O banheiro é mínimo, algo próximo do interior de um caixão de azulejos azuis claros, mas é rico em ornamentos. Enquanto está sentado na privada, exausto pela primeira vez na noite, Malik passa os olhos pelos objetos de decoração: fotos de temas abstratos, uma minicoleção de tartarugas de porcelana, uma caricatura de Freud presa atrás da porta — aquele tipo de caricatura que funde duas imagens em uma só, no caso, o rosto em perfil do neurologista e uma voluptuosa mulher nua. *Certamente sugerindo que ela não sai de sua cabeça.*

Ao voltar, Malik encontra Hélène encostada na pia da cozinha, bebendo um copo de água. Ela oferece um gole. Ele aceita.

— Se fosse a minha vez, você seria o facilitador também?

— Provavelmente. A menos que você não quisesse.

Malik coloca o copo na pia enquanto Hélène caminha até a porta. Ela tem os olhos já muito apertados de sono.

Ele alcança suas botas e as coloca sem se sentar. Param um diante do outro debaixo do vão da porta aberta. Malik espera algo que não sabe o que é e que não vem. Despedem-se com um abraço afetuoso. Já no limiar da escadaria, ele se volta para ela, que se escora largada no batente, os olhos lá no fundo do universo.

— Você é um cara legal — ela diz com um sorriso.

Malik sorri de volta e aquiesce com a cabeça. Vira-se e desanda pela escadaria.

Nunca mais a viu.

***

Quando sai de novo para a rua, a luz já tinha se empertigado, ainda que filtrada pela garoa. Os fantasmas moradores daqueles prédios ainda não exercem seu direito à rua, mas um ou outro transeunte já se faz notar, lembrando a Malik que ele não é dali. Como não tem ideia de onde está, a única coisa que lhe passa pela cabeça é refazer o trajeto em linha reta até a ponte e dali se inteirar das linhas de metrô próximas. Ele decide, no entanto, retornar pela calçada oposta, o que na sua cabeça lhe daria um outro ponto de vista sobre aquele lugar, deixando-o exposto a novas revelações. Não obstante, é exatamente o que acontece. Enquanto caminha, pensamentos antigos retornam à baila e se misturam a novas ideias. Pensamentos sobre sua família e o peso da ligação entre eles. Não teria esse problema com Hélène, nunca mais a veria. Se de fato queria morrer, deveria proceder com a mulher e os filhos de maneira análoga, abandoná-los sem remorso antes do abandono final. Essa é a versão polida das elucubrações, na realidade elas surgem muito menos convidativas: *É isso, decido aqui e agora que não vou seguir o roteiro do clube até o fim. Preciso encontrar uma forma mais específica de morrer, uma maneira lenta, de preferência, não sei, uma doença, um surto, uma epidemia... Meses em uma cama de hospital... Algo que camufle o suicídio, que pareça algo natural, que me dê tempo. E o que isso tem a ver com não seguir o roteiro do clube? Minha cartela, pelo menos da última vez que a tive em mãos, ainda não está nem metade completa! Porque eu não preciso de ajuda pra executar. Ali é sobre isso: ajuda para executar. Eu sou um facilitador, não um facilitado. Para o meu caso, eu só preciso dos meios. E eu quero sigilo, o máximo possível... Por isso ela precisa ser lenta, uma morte lenta... Trata-se enfim de camuflar meu próprio suicídio, é isso, transformando-o em alguma doença fatal e vagarosa. Deixar que a própria enfermidade em si faça o que eu não consegui fazer, preparar os que ficam para a minha ausência, acostumá-los... Isso não é nada original... Tem ao menos um inconveniente: a brecha de tempo é muito grande, e a ideia de uma morte em curso, assim inexorável, favorece o arrependimento. Demônio... Mas isso não é o natural? Esperar pra morrer? Ir levando? Eu sou um suicida convicto, que expressa isso abertamente. Pra mim e para os outros. Já aceitei a ideia de morrer a morte natural de todo dia, o "quando" agora é uma questão de conveniência. Quando for mais conveniente para mim...*

Quando dá por si, está chorando. As lágrimas misturadas à chuva. Uma quente, a outra fria. Ele passa as mãos no rosto e a mão gelada se acalenta com o choro. É quando sente uma picada elétrica sutil na mão, como se tivesse lambido uma pilha alcalina. As águas, da chuva e do choro, se aglomeravam e tensionavam na palma de sua mão até que, da junção das águas, uma gota se desprende e goteja rumo ao céu, indo sumir na nuvem que paira quilômetros acima de sua cabeça. O som de um tiro faz Malik aprumar. Logo mais adiante, em um beco formado pelas laterais de dois prédios cinzas, ele se depara com uma senhora rastejante, o rosto coberto de sangue, tentando alcançar a arma caída a meio metro de si. Apesar de todo o sangue, ela ainda está consciente. Contorce-se, agoniza, balbucia sons de dor, mas busca insistentemente a arma, esticando o braço franzino. Malik se aproxima e apanha a arma do chão. Sua voz sai cândida, transbordando ternura, enquanto ele ajuda a senhora a se aprumar, sentando-a no chão molhado.

— É um erro comum, mira-se a têmpora e o nervosismo faz o tiro raspar o crânio sem ser fatal. É só falta de estudo...

A senhora mal toma ciência das palavras. Tudo o que seus olhos veem é Malik se abaixando e colocando gentilmente a arma em sua boca. Ela sente o buraco do cano da arma tocando o céu da boca.

— Vê? Apontando para o cérebro...

Ele solta a arma quando sente que os dedos da senhora já enlaçam o gatilho, confiantes. Malik se levanta e continua a caminhada, mais cinco ou seis quadras e estaria percorrendo a ponte novamente. Quando atravessa a próxima esquina, outro tiro ressoa surdo.

***

Não tinha sido a primeira tentativa daquela senhora. Quando contava vinte anos, roubou a espingarda do pai e se refugiou no banheiro. A arma falhou em sua mão, explodindo o projétil dentro do cano e ferindo seu rosto. O susto lhe rendeu alguns meses de profunda presciência. Pelos anos seguintes descobriu sinais escondidos na natureza, decifrou padrões nos postes de luz, no vidro dos ônibus, na voz do apostador de cavalos, na estática do seu pé descalço contra o chão de concreto de uma prisão militar... Até que tentou novamente. Quando acharam o seu corpo naquela tarde, a seguinte mensagem foi encontrada dentro de seu casaco de flanela: *"Estou prestes a fazer uma longa viagem. Se tiver êxito, gostaria que as pessoas se reunissem para celebrar a minha ressurreição e imortalidade com uma garrafa de qualquer coisa. Se eu não tiver êxito, peço que só me enterrem depois que já não restar mais dúvida de que estou morta, pois é muito desagradável acordar dentro de um caixão debaixo da terra."*

***

IDEIAS PROFETIZADAS EM UM LIVRO DE SÍMBOLOS, MAIS PRECISAMENTE O *THE BOOK OF SYMBOLS: REFLECTIONS ON ARCHETYPAL IMAGES*

A água, de qual toda a vida depende, faz o seu caminho até a terra como uma goteira, tanto gentil quanto torrencialmente. A chuva é uma visita milagrosa de um poder divino, natural e imensa, necessária e temida, limpando, liberando, dissolvendo, inundando, aliviando... A chuva precipita o crescimento, a mudança, a purificação e o desastre. A imagem da chuva em diversas mitologias apresenta a penetração, na terra profana, do sagrado divino, sendo a testemunha do casamento entre os céus e a terra. O esperma divino caindo como uma *golden shower* de Zeus, impregnando a terra, para sustentar e renovar toda a vida, servindo como uma imagem primordial da doação de graça, misericórdia e abundância. Como símbolo e metáfora, a natureza da chuva reflete disposições psíquicas internas. Quando somos inundados, somos emocionalmente sobrecarregados. Quando chove, nos retiramos, nos movemos para um espaço interior, procuramos abrigo. Os alquimistas viam a chuva que caía como a "lavagem" do estado do nigredo, iluminando e reanimando o que parecia morto e escuro. Essa intervenção divina da graça, ocorrendo no ponto mais sombrio, precedeu uma nova *coniunctio*, uma união psíquica de emoção, corpo, imaginação e mente em um novo nível de consciência. Na tradição mítica, a humanidade em desequilíbrio com a natureza divina da vida simbolicamente convida a inundações ou secas. Povos de todo o mundo criaram danças e rituais da chuva para invocar tratamento benéfico pelo deus do céu, ou às vezes pela mãe da chuva, que dispensa a própria chuva. Quase todas as mitologias do mundo incluem referências a um dilúvio divino em que as divindades celestiais eliminam os mundos antes da recriação ou repovoamento em uma nova era. Quando as águas estão inundando, o povo deve buscar um terreno mais alto; é necessária uma nova perspectiva que a mantenha acima da inundação. Como uma força inexorável da natureza, a chuva é um imenso poder que diminui a vontade individual ou a arrogância coletiva da humanidade.

***

ENXERTOS JORNALÍSTICOS ALEATÓRIOS

Quando a última de uma linha de rainhas africanas da chuva morreu em Johannesburgo, África do Sul, três dias de chuvas fora de estação foram relatados na área a partir do dia de sua morte.

No mesmo dia da morte da rainha, em um dos cárceres do Castelo de Najac, a milhares de quilômetros de distância dali, no sul da França, um jovem ladrão conseguia finalmente se afogar no próprio mijo, depois de inúmeras tentativas. Da primeira feita, após tampar a saída da latrina e produzir uma poça fedorenta, não conseguiu manter a cabeça afundada até desfalecer. Nesse dia, porém, experiente e cheio de certeza empírica, amarrou com farrapos os braços e a cabeça na latrina, tornando inúteis seus espasmos musculares.

Seguiu-se um dilúvio de três dias, que salvou as plantações de lavanda da região.

TERCEIRA PARTE
BALTAZAR E A CHUVA OBLÍQUA

A introspecção é meu único hábito milenar.

* * *

No momento, estou sozinho no meu escritório, que parece uma toca aberta em um grande tronco de mogno vermelho, ao qual se chega, vindo da sala de estar, dos quartos, da cozinha ou das antessalas, por um emaranhado de túneis escuros em forma de corredor vitoriano que parecem, em imagem e odor, terem sobrevivido a uma revolução orgulhosamente violenta. Livros intermináveis, muitos desabrochados pelos cantos, como que lidos por fantasmas, formam o habitat natural de um profundo estudioso, que é como solenemente me defino.

Minha única companhia é um grande copo de uísque morno. Da marca *Kavalan*, um superestimado uísque taiwanês. Ao meu redor, espalhadas pelo chão, jazem as encardidas cartelas de bingo feitas à mão. Quando as observo assim, com tempo e paciência, nunca deixo de lembrar que foram feitas em uma pequena oficina de família, a *Zavaclys e filhos*, greco-italianos muito competentes, que vieram para cá dentro de contêineres de chá verde quase um século atrás. O jogo todo, as cartelas, o globo zincado e as bolinhas, devem valer hoje quase mil vezes mais do que o patriarca *Tsipras Zavaclys* me cobrou à época. Na verdade, nem tanto agora, visto que opero, sem remorso, uma verdadeira profanação em sua estética inconfundível.

Em cima da mesa, ao lado da garrafa de *Kavalan*, estão o globo zincado com as bolas numeradas e o meu caderno de bolso aberto, no qual posso ler, na minha caligrafia obsoleta, diversos nomes, todos eles estão riscados com uma grossa linha de tinta vermelha. Os únicos nomes que desfilam intactos no fim da lista são o de Corina e o meu, incluído nessa mesma madrugada.

Não é fácil aludir com parcimônia ao que estou fazendo agora. Uma vez que, de certa forma, me convenci de que no fundo é um impulso de autopreservação. E, como todo impulso dessa natureza, ele me é completamente incompreensível.

E o que faço exatamente? Em que consiste essa profanação inimaginável? Creio que, legalmente, uma contravenção. Passei a madrugada misturando cuidadosamente limalha de ferro imantada a uma tinta fosca de forma que sua composição passasse despercebida. Foram inúmeros e cansativos testes, embora meu conhecimento de química e materiais seja virtualmente infinito.

Nas bolinhas, usando meu arrojado pincel de pelo de marta Kolinsky, reforcei com a tinta batizada cada número, com um capricho que só dispenso quando cozinho um cordeiro ou mesmo uma codorna, deixando imaculadas somente a 15, a 23 e a 67. Então, discretamente, coloquei um ímã bem perto da saída do globo, de modo que as bolas recém-pintadas com a tinta imantada fossem convidadas a se repelir, aumentando as chances do referido trio de bolas saírem mais rápido.

Acabei o trabalho por volta das dez horas da manhã, quando limpei as mãos e tornei a colocar as bolas no globo.

Respiro fundo e me aprumo, respeitando o frio subindo em minha espinha. É hora de seguir cambaleante pelos largos corredores, subir as escadas para o terceiro andar, abrir a porta verde-musgo à direita, aproximar-me da prateleira do banheiro rococó, abrir a portinhola com o espelho já fosco e achar minha antiga navalha de barbear. Volto todo o trajeto tal qual um atleta de decatlo e me sento na poltrona de couro. Arregaço as mangas da camisa e estudo as veias do pulso.

***

SYLVIA PLATH

Um apartamento pequeno e pobre em Primrose Hill, Londres. Um casal de crianças dorme enquanto Sylvia, no corredor, preenche o vão da porta do quarto com uma toalha de banho, tapando-o. São nove horas da manhã de um dia de semana, logo após as festas de fim de ano. Sylvia não dormiu durante a noite, escrevendo freneticamente, aproveitando a paz de espírito meio mórbida que a casa vazia e silenciosa proporcionava. A sonolência fez com que ela performasse tudo com calma e coerência: por volta das sete, esquentou água para um chá, às sete e pouco teve a ideia da toalha tapando a porta. Vestiu-se com uma roupa confortável e, antes de estirar o corpo no chão da cozinha e enfiar a cabeça cuidadosamente na boca do forno já repleto de gás, ela deixou, na soleira da porta fechada do quarto das crianças, um prato com duas fatias de pão e duas canecas de leite.

Fui amigo de Sylvia em minha longa temporada europeia e me lembro de um pensamento seu, bem curto e simples, dito como um estalar de madeira no fogo, entre doses de café e leituras de poemas. As palavras podem não ser exatamente estas, mas foram como as sedimentei no meu saber vindouro. No entanto, tento passá-las como as ouvi. O conteúdo, acho eu, é melhor captado se você se imaginar confortavelmente sentado em uma poltrona, de preferência bem aquecido internamente por um rum ou aguardente, ouvindo isso de alguém que admira muito.

As pessoas ficam tão desnorteadas com o fato de que outra pessoa — e, portanto, ela em potencial — possa tirar a própria vida, que é comum culpar coisas palpáveis e agradavelmente incômodas, que têm o único benefício de trazer de volta a luci-

dez moral para o plano da ignorância nossa de cada dia... Incluem-se na lista de causas inusitadas para o crescimento das taxas de suicídio: o socialismo, a umidade atmosférica, a masturbação... O desespero, o cansaço, o tédio são sempre pouco ou nada lembrados.

***

Já não me queixo de limpar o sangue endurecido do carpete. É tarefa rotineira que hoje executo com inteira desenvoltura, quase automaticamente, respeitando minhas idiossincrasias. Como a indolência é uma de minhas mais importantes virtudes, não posso seguir um dos princípios elementares da remoção de manchas de sangue: quanto antes você agir, melhor. Assim aceito, tive que desenvolver técnicas para o sangue duro e enegrecido e desenvolvi uma alquimia poderosa, uma mistura de vinagre branco, água oxigenada, Coca-Cola, amido de milho e talco.

Tenho que recolher tudo e me apressar. Já são seis da tarde.

***

NOTA PASSÍVEL DE EXCLUSÃO

No caminho, cruzei com o velho panfletando na rua. Estava tão desanimado que cheguei a considerá-lo clinicamente morto. O dogue alemão agora era uma planta, que criou raízes profundas na calçada pedregosa e se refestelava na chuva. O olho do velho estava oblíquo, enviesado como a chuva. E opaco. Não me parece mais à vontade no serviço, talvez seja hora de acomodar o *merchandising* em uma plataforma mais moderna. Deixo isso para o próximo administrador decidir.

Atrás do velho, pichado em uma fachada abandonada de uma rede de *fast-food* oriental, li: *"Onde quer que você vá, um poeta já esteve lá."*

***

Já não aguento mais essa gente. Antigamente, muito antigamente, em se tratando de autoeliminação, não existia tanto respeito quanto agora, mas havia organização. Agora, entre os que se interessam, sobra respeito, mas não se consegue sequer ser organizado com os próprios pensamentos. A ideia do bingo me veio em virtude dessa incômoda realidade. Sai a discussão por consenso, árdua, cansativa, entediante, e entram as bolinhas fatais. Giros, frenesi, suspense, emoção, catarse. Foi um sucesso imediato. Não havia ideologia política pré-figurativa que suportasse a concorrência de um jogo de azar tão visual e emocionante. Mesmo o primeiro conjunto de globo e bolas, de plástico e sem nenhum apelo estético, teve o poder de conjurar uma energia a que poucas vezes tive acesso. Rodar aquela manivela ridícula me dava poderes sobrenaturais. Agora então, que o globo reflete a imagem desse poder, em perfeito brilho zincado, posso fazer e dizer virtualmente qualquer coisa para essas pessoas, exalando um ar de superioridade completa. Mas existem alguns indivíduos diferentes.

Corina está sentada muito no fundo, vou ter que ser potente quando anunciar.

As bolinhas girando lembram os motoqueiros no Globo da Morte. Deixo cair a primeira.

— Quinze! — Falo o mais alto que posso, não consigo ver se Corina escutou ou não. Parece que sim, se remexeu na cadeira e marcou sua cartela. Próxima.

— Vinte e três! — Agora eu mesmo me assustei com a projeção da voz. Alguns já me olham estranho. Preciso conter o entusiasmo e me lembrar de marcar os números na minha própria cartela.

— Sessenta e sete! — Coitada, se endireitou penosamente na cadeira, não deve acreditar que de fato aconteceu. Talvez se eu anunciar primeiro eu a deixe mais confortável...

Furo o último número na minha cartela. *Sessenta e sete.* Espero alguns segundos, deixando a carga dramática se alimentar do silêncio e balanço a cartela sebosa no ar.

— Bingo! — Anuncio com a maior cara lavada do mundo civilizado.

De esguelha, tento perceber a reação de Corina. Creio que ela sequer percebeu que eu também tinha completado minha cartela, visto que ela encarava a dela com um olhar catatônico, segurando a tira de papel grosso com as duas mãos. Outras vozes já se podiam ouvir na sala, com queixas e chorumes, quando ela se levantou timidamente e disse, quase inaudível, *bingo.*

***

A ação que se seguiu foi vertiginosa em igual proporção à sua insignificância. Alguém pediu para ver as bolinhas, acho que um dos novatos de cabelo pintado ou o livreiro que estava de ouvinte. Naturalmente neguei o pedido, tratando de repor o mais rápido possível as bolinhas no globo. Devo ter sido frouxo nos últimos meses para que o impulso de confronto rasgasse tão facilmente o véu de minha autoridade. Tenho que reler *Tsui Han* ou *Os desvios do Paraíso...* Não posso me dar ao luxo de perder esse domínio sobre as pessoas. Não agora. Fato é que a inquirição ganhou força, mais se juntaram e se aglomeraram em volta de mim. Queriam ver as bolinhas de qualquer jeito. Pensei rápido e coloquei na boca a bolinha que tinha em mãos. Acho que a sessenta e sete. Mastiguei com força quebrando dois dentes, tentando imprimir no rosto uma expressão de loucura avançada, demente e perigosa. Deu certo por alguns segundos, muitos se distanciaram, se contentando em proferir palavrões. Outros poucos continuaram a carga, suspeito que o livreiro estava entre eles. Soltei um grito, suspendi o globo acima da cabeça, como um titã, e cuspi o que restava da bolinha no rosto de um deles. Funcionou novamente, embora a imagem resultante fosse muito decadente. Logo os gritos de indignação foram perdendo força e eu pude dominar a situação.

Agora no salão restam somente Corina, Malik e eu. Ela está sentada no parapeito da janela, que é grande, quase uma namoradeira. Olha a chuva em silêncio. Não se incomoda mesmo sabendo que eu e Malik esperamos um posicionamento seu. Gosto da autoestima, de saber seu lugar e suas necessidades sem precisar mendigar compreensão. Noto agora, vendo sua expressão resoluta, que esse é um dos motivos por eu tê-la escolhido. Em geral, ou pelo menos nas últimas vezes, tem sido muito mais difícil. As variedades de personalidades da civilização moderna pouco ou nada me atraem. No mais, a escolha de Corina reafirma uma tendência: é a oitava mulher nas últimas dez escolhas. Não sei o porquê.

Malik está de pé ao lado da mesa, bem em frente ao globo. Vejo, sem me importar, quando ele pega uma das bolas, analisando-a. Por puro acaso é uma das três bolas manipuladas. A quinze. Ele passa os dedos sobre o número pintado. Dentro de sua cabeça não tenho a menor ideia do que se passa. Malik está sendo o paradoxo que sempre foi, uma incógnita incrivelmente previsível. Nunca consegui intuir um único pensamento seu, mas suas atitudes eram-me estranhamente calculáveis. Sabia, por exemplo, que, descobrindo ou não minha fraude, ele nunca a denunciaria, nem ali nem para terceiros. Também não sei o porquê.

Finalmente Corina levanta o rosto, dirigindo-se a nós dois.

— Eu quero que seja no mato.

***

Hoje não volto direto para casa. Tenho que acabar o que me propus a fazer, e isso ainda significa algumas horas de escrita.

***

O lugar é apropriado para o teor de minha carta: uma mesa sebenta de bar na calçada de uma travessa no centro da cidade. Um refúgio original, embora incrustado no centro motivo da cidade, circundado por edifícios delirantes, como uma gruta, úmida e ecoante, onde posso sentir pena de meus colegas prisioneiros da vida. É onde posso vomitar coisas como esta: "*Quanto mais escrevo sobre mim mesmo, mais a vontade me toma, mais forte eu fico, menos deprimido, aí paro de escrever e volta tudo, é uma onda... Rasgo tudo o que escrevi, destruo, incendeio, e volto a escrever...*"

Importante dizer que o vento aqui é outro. Faz curvas não físicas, desafiantes, verticais, horizontais, radiais, para dentro de si mesmo, trafegando pelo interior de objetos sólidos, propondo aos corpos uma inversão súbita da gravidade, fazendo chover para cima...

Demorei muito para perceber que esse movimento só é possível pela característica única do lugar, desconhecida em outras paragens, do cruzamento entre quatro galopes de vento, cada um proveniente de um tráfego mundial diferente, de uma linha férrea própria, que se inicia nos confins das auroras boreais e que converge ali, naquela paragem abandonada, sem nenhum motivo faraônico para esse entroncamento alucinado. Tal choque produz um som gutural e antigo, daqueles que saem da boca dos grandes túmulos naturais de pedra e musgo, das missas em latim, das caldeiras industriais, dos sistemas de montagem...

A névoa e a chuva que agora tomam conta da cidade ajudam a transformar o espetáculo táctil e sonoro em espetáculo visual. Devido à ranhura e intensidade do encontro, os ventos ancestrais chegam por vezes a emitir cor no momento do choque: às vezes púrpura, às vezes verde-esmeralda... As gotas e gotículas rodopiam imitando o movimento absurdo dos ventos, refletindo a cor de suas explosões, que adquirem nelas um estranho brilho. O som produzido, ao reverberar dentro do interior das gotas, rasga-as, produzindo faíscas de festas juninas e um cheiro forte de enxofre.

Todo o ambiente favorece o meu raciocínio. "*A única maneira de escapar do abismo é olhar para ele, medi-lo, sondar suas profundezas, e aí mergulhar nele. Sinto que estou escrevendo melhor do que nunca — com mais riqueza, mais intensidade, mais facilidade.*"

A carta tem um destinatário incomum: eu mesmo. Daqui a pouco, não saberei mais quem eu sou nem quem eu fui. E preciso me certificar de que o relato de minha história volte a minha consciência por intermédio dessa carta. Não saberia o que fazer caso ela se extraviasse antes de chegar em minhas mãos, é assustador só de pensar.

O que escrevo agora se refere aos últimos anos apenas. As páginas restantes — *O compêndio geral de minha existência!* — estão enfurnadas em algum canto de minha casa, quase se desfazendo de tanto tempo e manuseio. Talvez fosse boa ideia passá-las a limpo...

Olho o papel por inteiro. Tenho, preenchidas, nove páginas de garranchos. Coloco as folhas com a parte mais recente da história de minha vida em um papel-carta pardo e me levanto olhando as horas. Visto meu chapéu, segurando-o à cabeça para resistir à insensatez dos ventos, e parto.

***

Só agora, a dois mil metros de altura, é que Corina finalmente se arrependeu. Todo o suporte que ela imaginava poder fornecer ao seu amigo hippie, tanto material quanto emocional, se resumia agora no acerto de contas um tanto espúrio que ela teria que fazer com o piloto do pequeno *Cessna 172 Skyhawk*, quando eles voltassem novamente para o chão.

O velho hippie segurou sua mão com muita força durante todos os dezessete minutos de voo, mas não chegaram a trocar nenhuma palavra. Corina olhava a cidade com desdém, a chuva impedia a contemplação do horizonte, e as únicas balizas visuais eram as débeis luzes da cidade, angustiadas pela neblina. Enquanto isso, o hippie se concentrava em um estranho jogo de respiração, muito sistemático, e que Corina achou por bem não atrapalhar. Os olhos do velho estavam esbugalhados, certamente vítimas de algum entorpecente. Tudo o que tinham conversado anteriormente, a sós no casebre dele enquanto bebiam café gelado, é que ela acertaria o pagamento do piloto com o valor previamente combinado, e superfaturado, da empreitada.

Decolaram às 20h47 e rumaram em linha reta até o estádio Dulfino Motta, o *Matadouro*, onde acontecia a final do campeonato nacional de futebol. A partida se encontrava já no segundo tempo, e oitenta mil pessoas (e outros tantos milhões pela televisão) assistiam ao time da capital ir levando o campeonato por dois a um, com direito a dois gols mal anulados pelo assistente de vídeo logo nos primeiros vinte minutos de jogo.

O cálculo da queda era preciso, e ele não titubeou. Pulou sem remorso ou medo e sequer se despediu. Sem palavras que o redimissem de qualquer malfeito ou arrependimento. O pulo foi desajeitado, ele rodou no próprio eixo no início, e seus óculos de proteção, que se encaixavam mal na sua cabeça, escaparam para o vazio, privando-o de clareza nas suas últimas imagens.

Enquanto olhava o corpo do colega caindo, mesclando--se à chuva, Corina decidiu que não mais atuaria daquela maneira. Achava-se subitamente ridícula ali, sozinha agora, enquanto, com seu celular, o piloto filmava extasiado a performance do hippie. Notou, com embaraço, que sua ajuda foi absolutamente nula e até negativa — foi ela quem comprara e ajeitara os óculos no rosto do velho —, e jurou que até onde pudesse não mais ajudaria ninguém de forma franca e incondicional. Favores, de agora em diante, somente sob a forma de permuta e muito delimitados e concretos. Nada metafórico ou de origem sentimental, apenas questões materiais. No fundo nada disso importava, ela sabia. Amanhã era a sua vez.

Ela bota a mão no bolso e acaricia as notas de dinheiro que serviriam para o acerto do serviço. Pega uma nas mãos, observando-a, e reconhece dos livros de história o busto enobrecido do mártir republicano que a estampa. A cara é resoluta e assertiva, exalando virtude e beleza, guiando os rumos financeiros da nação, da boca do caixa à especulação de *subprimes*. Sem querer, Corina imagina o efeito geral na sociedade se, em vez do busto altivo, estivesse estampada em cada nota a expressão ao mesmo tempo apavorada e satisfeita que o velho hippie certamente teria agora marcada em seu rosto desfigurado pela velocidade da queda. *Seria uma imagem muito mais verossímil. A cada manuseio de notas seríamos convidados a lembrar de nossa natureza efêmera... O resultado provável seria uma inédita pressão inflacionária, de desfecho imprevisível, no qual cada compra, cada pagamento, cada empréstimo, cada aposta, enfim toda transação de valor estaria submetida a um sério questionamento moral, do tipo: "Afinal, o que fazes com sua vida?".*

O corpo do hippie, contra todas as apostas, espatifou-se em cima do camisa 12 alviverde, volante de contenção bruto porém habilidoso. Ambos morreram na hora.

***

Teimo no *Kavalan*. Tenho dessas coisas. Passo anos, décadas às vezes, teimando em um único e pontual vício. Já

tive meus momentos de ópio birmanês — da Birmânia, atual Mianmar —, do café, em todos os estados físicos possíveis, do sorvete ao vapor — chegava a coar e simplesmente me contentar em cheirá-lo. Nem sempre o vício era leve. Aprendi com Cotton Mather, o pensador puritano, a dissolver pó de tartaruga verde na cerveja — de preferência as *Dark Lager* mais docinhas —, uma mistura extremamente psicotrópica. Esse prazer durou alguns anos e fez imensamente bem para meus rins. Em Java, anos mais tarde, conheci a cocaína, mas parei logo. Nunca conversei bem com meu *superego* e geralmente, quando ele me visita, eu cedo o lugar na poltrona e procuro alguma janela para poder fumar e aguentar o falatório. Na sequência, a Coca-Cola foi lançada, a Bayer comercializou a heroína como xarope antitosse e a Smith e Kline lançou a anfetamina como descongestionante. Agora é a vez do uísque *Kavalan* taiwanês. *Safra 2016 malte único, puríssimo "Solist" Ex-Bourbon.*

Tenho um copo cheio na mão e da poltrona observo Malik, sentado à mesa, limpando a Luger desmontada com o seu próprio copo de uísque ao lado. Nossa intimidade se acentuou nos últimos tempos a ponto de apreciarmos o silêncio instalado. O conforto proporcionado pelo efeito da bebida me faz levantar e trepar na janela para observar a movimentação da rua, as pessoas, o vai e vem. Logo estou conversando mudamente com minha mão envelhecida. *Tudo se passa na cidade como se ninguém mais morresse. Enterramos a morte com uma hipocrisia louvável, e mesmo assim é da natureza da nossa sociedade gerar muitos suicídios... Tirar a própria vida é uma vocação desse tempo.*

Volto para o cômodo e caminho até uma das estantes de livros. Fico de pé observando os volumes já lidos tantas e tantas vezes, coçando o calcanhar com o pé. Falo sem me virar.

— Talvez metade da literatura que existe no mundo seja sobre a morte...

Minha pausa proposital não é suficiente para Malik sair de sua concentração. De novo sinto a previsibilidade do seu caráter, e me invade a certeza de que ele só vai me oferecer palavra quando eu propuser um assunto prático, de natureza material. Vou ter que completar o raciocínio eu mesmo.

— ... e a outra metade são delírios sobre o que fazer antes dela chegar.

Finjo olhar para o relógio na parede. Hora de forçar uma interação.

— Três e cinquenta...

A resposta é automática e seca. Quase como se ele estivesse sendo violentado pelo silêncio todo esse tempo.

— Marquei com ela lá, às nove. Temos muito tempo.

Parece um boi me respondendo. Me perco na comparação entre seu ritual de limpeza da arma e um bovino mascando grama regurgitada. Vou voltar para a poltrona, dormir em cima do peso de milhares de fadas e...

— Por que você escolheu ela?

Não consegui não sorrir. Pela primeira vez desde que o conheço, ele me surpreende com uma pergunta súbita, impulsiva e, o que mais me agrada, sagaz. Não posso deixar a oportunidade passar. Tenho que parecer levemente atordoado, deixá-lo confortável no comando, *à la* Trevor Ducane quando negociou sua libertação do covil pirata nas Bermudas. Vamos lá.

— Eu não costumo fazer isso. Dessa vez eu só... Tenho uma motivação maior.

— Foi sempre assim? Sempre manipulado?

Uou! Como eu amo esse moleque! Pego meu charuto que tinha rolado para debaixo da poltrona e junto acho meu isqueiro verde. *Tenho que caminhar com cuidado aqui.* De propósito, acendo lentamente o tabaco enquanto olho para Malik, que parece estar ponderando as próximas palavras. Mas nada sai, e só o que vejo é alguém lutando uma batalha interior altamente voltaica, bêbada. Decido pela tática física, empática, como me ensinaram no *dojo* de Sui Pen. Levanto-me e sinto o álcool manobrando minhas esquinas. Percorro quase num pulo a distância entre a mesa e mim, dando um longo abraço desajeitado em Malik.

— Só sendo um completo marginal, como eu e você, para entender a loucura e a barbaridade do mundo em que vivemos.

O abraço, mais do que as palavras, chacoalhou as cisternas enraivecidas de Malik. O chacoalhão faz com que a sopa de letrinhas dentro de seu cérebro finalmente encontre uma sequência legível.

— Entender é uma palavra muito bruta. Nem a loucura nem a barbaridade do mundo me explicam a maquiagem do resultado a seu favor e do dela.

Me agarro ainda mais no seu pescoço. Agora já parece um arremedo de estrangulamento.

— Não explica?

— Não em conjunto. Qualquer resultado manipulado se explica individualmente pelo menos no sentido de você querer se livrar da pessoa ou ajudá-la a acelerar o seu próprio processo, que é único e, falo por mim, difícil de ser assimilado. Mas os dois, ao mesmo tempo, não é nem barbaridade nem loucura. É esquema.

Caralho, como estamos bêbados! A bebida realmente abre portais inesperados. Deixa eu me sentar no chão, fiquei tonto. Talvez se eu cruzar as pernas e olhar para as paredes. Pronto. Agora deixa eu molhar o dedo no copo de uísque e observar a gota amarelada se desprendendo lentamente, empoleirando-se na minha unha mal cortada, querendo voltar para os tonéis de Taiwan, mas indo parar na mancha aguada do teto quase em câmera lenta. *Que bonito...*

***

Ainda estou muito, muito bêbado. Malik também, pela maneira como olha a chuva por detrás da parede. A Luger está impecável, brilhando em cima da mesa. Não sei se está carregada ou não. Intuo que sim, Malik não me parece alguém de armas descarregadas. O apartamento foi assaltado pelo lusco-fusco cinzento, e a chuva parece melancólica. Olho em volta, e o quadro se apresenta como o estereótipo do ambiente perfeito para uma autoeliminação: aconchegante, monocromático, íntimo, seguro... Na verdade é tudo balela, o melhor ambiente para um fim saudável, pelo menos no meu caso, envolve cores vibrantes, espaço aberto, deslocamento da zona de conforto e, na maioria dos casos, música. Nem que seja um falsamente simples *a capella*. Mas não é justo generalizar...

— Vou me desligar do clube — Malik diz, sucintamente.

Olho para ele tentando demonstrar nenhuma expressão no rosto. É inútil, ele continua com os olhos fixos na parede.

— Essa vai ser minha última vez.

Que bom, Malik, que bom que se decidiu. Vai fazer bem pra você e para os seus, seja lá o que tenha em mente para o dia seguinte. Agora, se quer uma réplica, vou ficar te devendo. Sobre isso não tenho nada a lhe dizer, seja repreendendo, seja encorajando. És livre, sim senhor.

Isso me lembra das pendências, já são cinco e vinte da tarde, e ainda preciso resolver a questão do dinheiro. Não sei como ele vai reagir, é complicado, talvez eu precise levantar certos pontos de argumentação ou dirimir certas dúvidas. Provavelmente o rapaz nunca se deparou com uma quantia dessas. Já foi muito mais, mas ainda é o suficiente para resguardar qualquer ideia de futuro confortável...

***

Optei pelo artifício da completa surpresa. Não o preparei para aquilo e, julgando pela expressão em seu rosto, atingi o efeito com perfeição. Abri o baú bem na sua frente, expondo o que me restava de fortuna. Algo na casa das dezenas de milhões. Ouro, alguma coisa em pedras preciosas e joias, duas obras de arte: um Goya pequenino e um Rembrandt. *Além da casa* — acrescentei. Tinha me inteirado da situação de Malik e, em especial, de seus filhos. Era justo que eu procedesse assim. Quanto a mim, o novo marco de vida que eu almejava não incluía bonança financeira.

— A chave vou deixar embaixo do capacho, o porteiro já está inteirado. A procuração e o título do imóvel você vai achar por aqui em algum lugar...

O rosto de Malik exibia um estranhamento e até mesmo um leve rubor. Demorei a convencê-lo de que a intenção era real, e, astuto como sempre, deixou que sua sensi-

bilidade se acostumasse aos poucos com a ideia. Desfeita a amarra da desconfiança, uma lágrima escorreu de seu rosto.

— O conselho que eu teria para lhe dar você parece já estar empreendendo: livre-se do clube o quanto antes. É uma máquina de drenar recursos. Materiais e psicológicos — pontuei.

Malik enxuga a lágrima no dorso da mão.

— Mas e o resto do grupo? — ele me pergunta.

— O que é que tem? Não é como se eles não fossem se arranjar. Por experiência própria posso afirmar que não demora, e algo semelhante vai tomar seu lugar na esfera de influência dessas pessoas: a inscrição em uma agremiação de tiro, uma estada em um *resort* de veraneio, a imersão em um grupo de estudo esotérico... Sabe, aos iniciados, em pensar a própria finitude, qualquer ação ou contexto minimamente não ordinário, como respirar ou cagar, é um potencial gatilho existencial. O mundo do suicida é supersticioso e cheio de presságios. É envolto em simbolismos, em verdades ocultas, em certezas que não se provam. Todo suicida é convicto de que o tecido da realidade inteiro conspira para o seu aniquilamento: pássaros que voam numa direção, uma luz enviesada que ilumina o ambiente, um olhar desconhecido mais demorado... No meu caso, entretanto, foi a realidade que abraçou o místico. Crédulo eu seria se não acreditasse. Se teimasse em dar à razão o monopólio das coisas que eu vejo e toco.

Malik não me responde, pela primeira vez parecendo irritado pelo meu misticismo. De soslaio, confere as horas. Eu agarro a deixa. Levanto-me e esfrego as mãos como um padeiro resfolegado na farinha.

— Acomode-se aí no sofá. Tire um cochilo. Eu preciso organizar o resto das minhas coisas.

* * *

Perco-me dentro de minha própria casa.

A simbologia que entrelaça a residência física do indivíduo com o seu labirinto interior nunca fez tanto sentido. Anos e anos que não percorro esses túneis em forma de aortas e ventrículos. O calor é insuportável, e o suor começa a brotar. O gorgolejar que eu escuto é o da água começando a jorrar do teto, rente à parede. É a inundação se aproximando.

Antes que a água bata em meu calcanhar, eu chego ao cômodo, meio despensa, meio banheiro. Tiro as meias ensopadas — *Estava o tempo todo sem sapatos* — e as coloco para secar no aquecedor antigo — *Todo esse tempo ligado! Realmente...*

O espaço é pequeno, mas vasto em recônditos. Vai dar um certo trabalho. Desisto logo das prateleiras e das caixas

de papelão. Creio que foi aqui que a larguei, aqui em cima, em um desses armários...

***

Volto para a sala agarrado à maleta antiga, anos 70. Malik ronca aos brados, esparramado na poltrona. Eu me sento na cadeira e começo a vasculhar o interior da maleta. Está tudo ali, o restante das minhas folhas amareladas, minha vida em tinta nanquim — *Realmente estão se desfazendo...* — De um canto obscuro da mesa recupero meu envelope de papel-carta pardo e junto-o ao restante da papelada na maleta, incluindo em minha saga o relato de meus últimos anos de vida. Ao todo devem somar umas trinta páginas — *Ser sucinto é uma arte.*

As horas, então. Oito. Chamo Malik algumas vezes sem sucesso. Pego um dos meus sapatos e atiro no meio de seu estômago. Ele levanta e com as duas mãos chacoalha a cabeçorra dormente.

— Oito horas — ele mesmo fala, como se fosse ele quem estivesse me acordando.

Enquanto isso eu recupero meu sapato e me sirvo de mais uma garrafa fechada de *Kavalan*. Malik se levanta esfregando os olhos. Passa em revista a carteira e sua arma.

— Estou pronto — ele anuncia, aprumado como um flamingo.

Agarrado à garrafa de uísque e à minha maleta, saímos escorados um no outro.

***

Outro set de filmagem. Corina está deitada numa maca. Tem amarrados os pés e as mãos de modo que sua única visão é um grande espelho que lhe reflete o corpo todo. Por detrás do espelho, uma mãe chora o destino da filha. O carrasco entra no recinto fartamente iluminado por uma cegante luz branca. Procura a veia de Corina e aplica a injeção letal. Ela finge adormecer pensando que, se realmente tivesse feito coisas horríveis, essa não lhe parecia uma maneira tão ruim de morrer. *"Talvez uma viagem para os EUA ou a China, uma série de assassinatos brutais, e, em dois ou três anos, poderia estar numa maca de verdade, com sedativos de verdade e um carrasco de verdade com sangue nos olhos."* A mãe debulha-se em lágrimas. Quando ouve o *"Corta! É tudo por hoje"*, Corina pede, quase sem jeito, que seu outrora carrasco a desamarre. *"Estou atrasada"*.

***

Eu e Malik, trôpegos, caminhamos por uma mata deserta. A garoa cai fina. Chegamos a uma pequena clareira onde me sento no chão, de pernas cruzadas. Com lentidão abro a garrafa de *Kavalan*, dourada e azul. Bebo enquanto vou tirando da maleta os papéis amarfanhados. Tento colocá-los em uma ordem específica, que já não lembro mais qual, mas é difícil sem molhá-las um pouco. Malik me observa enquanto coloca suas luvas.

— A garota me pediu para ser ela própria a atirar. — Estranho o fato de ele não me olhar nos olhos — E você?

Interrompo por um momento a arrumação de meus papéis. Fecho os olhos e deixo a chuva cair em meu rosto.

— Um tiro é dolorido, mas tem a vantagem de ser rápido.

— Mas você prefere sozinho ou não? — Malik parece agitado.

Eu abro os olhos e tento me concentrar novamente nos papéis, mas não consigo me aguentar.

— Você ia gostar de atirar, não ia? — Minha pergunta é genuinamente sincera.

— Tanto faz pra mim.

Nesse momento, Corina desponta da mata, surgindo por entre as árvores. Está vestida com um capote escuro, a cabeça protegida por um capuz. Sem querer, esboço um sorriso ébrio. Me levanto e vou de encontro a ela com a garrafa na mão. Seguro-a pelos ombros, com carinho. Falo ao seu ouvido, com o cuidado de tornar tudo inaudível para Malik. O tom da conversa, já mastigada em encontros anteriores, serve para quebrar o gelo da chegada. Mesmo assim, não é fácil fazer o que ela vai fazer, muito menos aceitar passivamente o que lhe peço.

Enquanto falo, Corina se resume a concordar positivamente, acenando com a cabeça. Parece aflita, nervosa. Entrego os papéis a ela, que os enfia, meio grosseiramente, dentro do capote. Afasto-me e caminho na direção de Malik.

— Gostaria de ir primeiro — assevero com um fiapo de dignidade no tom.

Malik já tem a arma em punho quando eu lhe aplico um forte abraço. Custo a sentir seu braço livre timidamente apertar o meu. Abandonado no centro da clareira, bebo um grande gole de uísque. Malik empunha a arma. Ri com o canto da boca e pela primeira vez me olha nos olhos.

— Está rindo de quê? — pergunto.

— Se você não suporta risadinhas estúpidas, não devia ter entrado para o clube.

Ele tem razão. Eu também rio, tão alto que olho para o céu e deixo a chuva cair novamente em meu rosto.

— Sabe... Nunca falta a ninguém um bom motivo para se suicidar — finalizo.

Malik atira. Meu corpo cai e eu já não sinto mais nada. Sem delongas, ele se aproxima e dá mais um tiro em minha existência já inerte. Abaixa-se e conclui o ritual mecânico, que fizera já tantas vezes, conferindo o êxito do suicida. Logo se levanta, profissional de araque, e dirige sua atenção para Corina, que até o momento se quedava imóvel em seu lugar. Caminha em sua direção oferecendo o punho da arma para a menina.

— Sua vez.

Para sua surpresa, Corina pega a arma. Malik percebe sua frágil mão tremendo. A voz sai igualmente embargada.

— Eu estou com medo.

— Você sabe que não precisa fazer sozinha.

— Não é sobre isso. Eu estou com medo de errar na minha intuição.

— Isso é seu inconsciente tentando se safar. Criando distrações, confusão. Autoboicote.

— Eu quero alguns segundos.

Malik lhe dá espaço, sentindo-se com perfeito controle da situação, um doutor psicanalítico esperando seu paciente dar as necessárias voltas em torno do próprio rabo. Corina fecha os olhos. Após alguns segundos começa gradualmente a respirar cada vez mais rápido, como um saltador que se prepara para o pulo. Suas duas mãos se fecham na arma. Ela abre os olhos e mira em Malik. Ele reage com desinteresse.

— Ainda não é minha vez, garota. Não é assim que a coisa funciona.

Ela dispara dois balaços. Ambos passando ao largo de Malik, indo morrer no bosque circundante.

— Agora eu entendo... é realmente uma sensação muito boa — ela sussurra.

Só então, exalando confiança, Corina aponta a arma para a própria cabeça e dispara. Silêncio. A chuva antes fina aumenta de intensidade. Como um cachorro perdido, Malik sente uma imensa solidão. A chuva, talvez pela primeira vez, começa a incomodá-lo de forma realmente irritante, como o zumbido de um pernilongo. Malik não sabe, mas a irritação é fruto direto da mudança na orientação da estática do ambiente. Está completamente alheio a tudo, até mesmo a irritação ele domina rápido, por anos de prática empírica. Só o que se lhe apresenta agora é a perspectiva do futuro, a incrível virada que sua vida parece ter performado em o quê? Cinco horas? Estava rico, a ficha parecia começar a cair, e novas sensações afloravam. O pessimismo onipresente ameaça ceder, parecendo um naco de manteiga ao Sol. Não tira os filhos e a mulher da cabeça, teria que explicar a mudança súbita de padrão de vida de uma forma coerente. Pensa em contar a verdade para a mulher. Uma nova vida de privilégios e comodidades não comporta passados sujos e segredos varridos. Só não larga a Luger ali mesmo, em cima dos corpos inertes, porque a ama muito, não tem suficiente independência afetiva para se desfazer. Guarda-a com carinho no casaco e se despede dos suicidas sem olhá-los.

Segundos depois de Malik deixar a clareira em direção à sua nova vida, a primeira gota de sangue se desprende do meu corpo e pinga para cima, se perdendo no céu.

***

Abro os olhos arregalados, como se acompanhasse o mais escandaloso dos espetáculos. Com dificuldade me levanto. Minha cabeça lateja e está suja de sangue. Olho novamente o céu carregado e deixo a chuva cair em meu rosto. Respiro fundo. No momento não sei quem sou.

Ao meu lado está o corpo de um velho, horrorosamente nojento, perfurado à bala. Dois buracos, na altura do peito. Minhas mãos... São esguias e pequenas. Não as sinto minhas, parecem não me pertencer de fato. Ao redor não diviso nada, só neblina e mata. E chove. Chove muito e eu sinto a água subir pela minha bota, gelar minhas pernas e bunda e se estocar em algo volumoso grudado ao meu corpo dentro do capote.

Apalpo, sentindo contra a barriga o volume estranho. São folhas amassadas exibindo uma escrita torta. Para não deixar que a chuva as estragasse, guardo-as de novo dentro de meu corpo e procuro uma saída daquela aparente insânia. Um lugar onde eu pudesse sentar, respirar e talvez averiguar o conteúdo das folhas que saíam de mim. Um lugar longe daquele corpo ensanguentado e incomodamente familiar. Olho novamente seu rosto e não o reconheço. Sinto enjoo. Ali parece haver uma trilha. Sim, uma trilha profunda. Caminho, e logo depois corro, perdendo-me na bruma. Em meio ao cinzento devaneio, assalta-me a súbita vontade de ser uma caixeira-viajante.

***

AS FOLHAS, A CARTA

Escrevo para mim mesmo. Para consumo próprio. A primeira coisa que você precisa saber é que, no momento em que lê, não tem nenhuma memória de sua memória, o que não significa que ela não exista e, no caso, exista em profusão. Escrevi para que você pudesse se lembrar depois, que, no caso, é o agora. Tome o tempo que precisar para se acostumar com o relato que vou te apresentar, se vai tomá-lo como verdade ou como uma brincadeira, no fundo, é irrelevante.

Meu conselho é: aprecie o momento, é extremamente delicioso.

Iniciarei pelo relato do começo, que só chegou até aqui por pura sorte. (Me desculpe se, vez ou outra, me atrapalho nos pronomes, ainda não consegui me decidir pelo mais apropriado. Mesmo depois de tanto tempo subsiste um retrogosto de confusão.)

Eu — ou você, se preferir — primeiro me chamei Mohamed. Nascido no deserto da Etiópia, enrolado nos tapetes escarlates que meu pai manufaturava e vendia. O primeiro suspiro de minha mãe, eu ouvi segundos antes de ela furar minha orelha cinco vezes. Ela suspirava antecipando minha dor, mas o suspiro foi em vão. Não veio dor nenhuma. Cresci no deserto alheio à ideia de dor, nunca a senti. Mas guardei esse conhecimento para mim tão logo meus colegas de caravana perceberam que, afinal, um soco no estômago não me fazia assim tão mal. Passei a fingir dor. Só sabiam de minha condição meus pais. O fato lhes dava medo porque suas mentes só lhes davam explicações místicas, como era comum nesse tempo. E o misticismo sempre tratou com cautela benesses inexplicáveis. Cresci trabalhando com meu pai e já aos doze anos era exímio artesão.

Aos dezessete, fui puxado para dentro do deserto por um grupo de garotos, filhos dos outros beduínos da caravana. Tinham convencido Ahur, o pequeno filho de Ramu, o líder beduíno, a acompanhá-los. Já longe do acampamento, no lusco-fusco cromático do deserto, começaram a estuprá-lo. Todos, um por um. Eu fui o último, alguns garotos já tinham voltado para o acampamento, e só sobrávamos Ahur, eu e mais um menino. Fomos surpreendidos pelas tochas aflitas dos soldados de Ramu. O líder beduíno, com a complacência de todos, elegeu a mim e a meu colega como os mentores daquele mal. Engolidos pela gritaria blasfema, fomos degolados ali mesmo na areia e deixados para a podridão. Meu pai me cobriu com um de seus mais caros tapetes.

Era fim de tarde, mesmo assim a caravana levantou acampamento e partiu. O Sol se pôs e tudo começou a esfriar em igual velocidade à temperatura do deserto, enquanto a areia bebia lentamente meu sangue bem como o de meu companheiro de sina. A vitalidade do fluido quente, jovem, na medida em que desbravava o interior rochoso por debaixo das dunas, ia relembrando o ambiente árido de seu passado cósmico, da integração das coisas, dos mundos, dos universos. Aquele deserto logo percebeu que jamais sorvera coisa parecida. Jamais — e esse foi um dos mais originais pensamentos do deserto em séculos — tinha tido consciência de sua consciência. Foi a primeira vez que aquele conjunto maciço de grãos, pó e pedra se imaginou fruto de um estalar constante de vibrações, de bilhões de estrelas em ciclos de explosão e renascimento. Dotado novamente da posse dessa ancestralidade e profundamente agradecido pela seiva memorial que aqueles jovens beduínos lhe ofertavam, o deserto fez refluir com lentidão o sangue novamente para dentro de meu corpo.

Era madrugada alta quando acordei. Tão vago e desordenado era meu pensamento que achei que a Lua cheia era um grande prato de porcelana. Minha confusão era também física, o que me fez tentar agarrá-la. Assim fiquei, deitado na areia com o braço estendido para a Lua, acreditando que arranhava sua superfície. Aí veio o primeiro impacto. Uma descarga violenta de prazer, depois a ardência seguida pelo vislumbre genuíno de algo milhões de vezes mais poderoso do que o Nirvana

— a sequência de sensações que nos acompanhariam pelo resto de nossa existência, sempre que a vida nos fosse novamente autorizada. O impacto da vitalidade retornando, semelhante ao abalo de uma onda sísmica violenta, me fez quase pular de pé, mas foi imediatamente substituído pela ardência completa de cada departamento de meu corpo.

Apesar do desconforto, já tinha novamente minha coordenação intacta, meu raciocínio operava com exatidão. Nenhum sinal do ferimento. Nenhuma sequela aparente. A não ser uma: a memória. Nada em mim me comunicava nada. As roupas, as mãos, o tato da face, a voz... Sentei no chão do deserto, esperando a ardência ceder e olhando o corpo do outro menino com a nítida impressão de encarar um espelho d'água.

Foi quando veio a terceira sensação, de uma duração ínfima, milissegundos atômicos, mas poderosa o suficiente para viciar--me irreversivelmente. De tão rápida, parecia a picada dolorida de um inseto, mas a sensação era majestosa. Era a fresta na porta da conexão de tudo com tudo. Era o efeito colateral do poder que nos concedia nossa maldição. Nunca mais poderíamos morrer em definitivo, e em troca o universo contido naquele punhado de areia nos concederia uma gota daquela intuição no primeiro momento de cada nova vida.

Essa foi nossa primeira morte e nosso primeiro renascimento.

Finalmente me levantei. Não tardaria para a noite findar, e eu não sabia que caminho tinha pela frente. Logo percebi que conhecia, via instinto, todos os meandros das areias e do deserto. Os vestígios da caravana se revelavam para mim como grandes outdoors *fosforescentes. Deixei o corpo de meu colega ali, ainda intrigado pela estranha sensação de familiaridade que aquele rosto me suscitava.*

No fim, caminhar sozinho por quinze dias no deserto não foi de todo ruim. Tive muito tempo e silêncio para pensar. No horizonte, nuvens negras, tão incomuns, me seguiam tenazmente, transmutadas em solícitas acólitas ao esconder o Sol enquanto cruzavam o céu limpo. Quando encontrei a caravana acampada no pé de uma rocha que subia aguda e vertiginosa, as nuvens já formavam o prenúncio de uma colossal tempestade. E, no momento em que botei os pés rachados no limite do acampamento, a torrente de água começou a cair em grossas camadas.

Um dos velhos da tribo, ao me descobrir adentrando o acampamento, exibiu uma cara de risível assombro para em seguida anunciar um nome: Sahim! Foi como descobri quem eu era, ou melhor, meu novo eu. Na verdade descobri em parte, pois só muito mais tarde, com estudo e diligência, entendi a dinâmica da troca de corpos impossível e o papel que a intersecção dos sangues tem nesse mistério. (Mas até hoje não sei por que o deserto escolheu a mim e não ao meu colega...) A familiaridade que senti daquele menino se explicava: ao olhar para o jovem morto, olhava para meu antigo corpo. Naquele momento, no entanto, simplesmente aceitei que era e sempre tinha sido Sahim. Do velho e de mais alguns anciãos fiquei sabendo de toda a história — da crueldade onipresente — e, à menção dos nomes de meus antigos pais, alguma fagulha de lembranças me sobreveio, desarticuladas e em preto e branco.

Demorei pouco para aceitar minha nova condição. Decidi, em segredo, me dar um novo nome e escolhi Ramu, em homenagem ao líder beduíno assassino. Minha primeira e genuína vontade foi a vingança, e senti vergonha e prazer de pensar em impulsos tão primitivos. Queria me revelar para Ramu. E matá-lo. Pensava como se não houvesse lugar para tempo algum depois disso, o que faria depois de matá-lo não foi uma questão que se materializou em minha mente, uma inevitabilidade completamente ignorada por mim.

Encontrei Ramu extasiado pela chuva, que já durava cinco horas ininterrupta, e pela bebida comemorativa. Matei-o com sangue-frio, a coronhadas de pata de camelo seca, olhando fundo aqueles olhos estupefatos que fitavam alguém vindo do mundo dos mortos. Os beduínos, inclusos meus antigos pais, me julgaram um servo cooptado pelos demônios do deserto (na época não os condenei por isso, parecia bastante razoável) e me sentenciaram novamente à morte.

Dessa vez, me amordaçaram e me prenderam a um toco de madeira irredutivelmente enterrado na areia. Ao meu lado, ao alcance de meus pés, depositaram uma caixa em cujo interior dormitava uma cobra. Tudo o que pedi, em que fui atendido com compreensíveis reservas, foi que me ofertassem o corpo sem vida de um dos falcões pessoais de Ramu e, amarrado a ele, um relato de tudo o que me tinha acontecido até então. Muitos vocábulos de usos hoje consagrados para se designar um demônio foram criados naquele momento.

A chuva, até então, não cedera, e a caravana partiu em silêncio, com medo. Enquanto observava o comboio se afastar, senti uma cócega no rosto e vi, atônito, uma gota de chuva pular da ponta de meu nariz direto para o céu carregado, de volta para suas raízes. Senti o impulso e chutei a caixa. A cobra, solícita, cravou presas na altura de meu abdômen.

Essa foi nossa brevíssima segunda vida.

(NOTA — essa foi a primeira, mas não a última vez que vimos o espetáculo da gota reversa. Relembrei o ocorrido por acaso, anos depois, em virtude de um evento semelhante. Dei-lhe o nome de chuva oblíqua. Nossa tese, desenvolvida com o passar do tempo, é a de que o fenômeno é um sintoma do ambiente revertendo o ciclo natural do universo, um simples efeito colateral. Isso é uma elucubração minha, ainda não li nenhum livro, científico ou não, que me explique o fenômeno. Em outros tempos fiquei seriamente tentado a assumir a empreitada, mas larguei os estudos há algumas décadas, assim que eles pararam de me explicar o que eu estava vendo. Talvez tenham outros iguais a nós, não sei, ainda não os descobri...)

Na terceira vida, a que vivemos no corpo do falcão, entendi, verdadeiramente entendi, que estava liberto para a eternidade.

Somente na sexta tivemos a experiência de viver como uma mulher.

Na vigésima quarta, já tendo recolhido fortuna, abri mão de tudo (foi a primeira de quatro vezes) e resolvi experimentar um pouco da penitência em vida. Foi quando finalmente o espanto e fascinação pela vida eterna cessaram. Percebi lentamente que estava passando a morrer por vício, vício naquela sensação al-

tamente fugaz que experimentava em cada troca de pele e de nome, misto de paz suprema, química cerebral potente e conhecimento. Percebi também uma verdade já escrita algumas vezes. Quem se mata não age para tirar a própria vida, mas para tirar a vida de toda a humanidade em volta de si. Matar-se é matar para si todos os outros. Por isso também, disseram os cultos, o ato é tão agressivo aos olhos de quem fica. Porque nos parece um atentado contra nós mesmos.

Envolto, portanto, em nova ideologia de vida, mais hedônica talvez, parti para o consumo desenfreado de experiências. O relato a partir daqui, perdoe-me, se torna mais frenético e delirante. Muita coisa, creio eu, se perdeu. Pode ser que tenha sido melhor assim, um alívio no peso da carga. Isso posto, aviso que não me proponho a ser verborrágico, nem a relembrar tudo o que já nos aconteceu. Muito menos em seguir uma ordem estritamente cronológica. Enfim, sigamos.

Fomos anarquista nas fileiras espanholas e belgas de Bakunin, não nos decidindo afetuosamente nem pelo esgar áspero do catalão nem pelo aveludado afetado francês. Nesses tempos, tive participação ativa na invenção oportuna do coquetel molotov. Era fluente em química e tinha paixão pelas explosões. Monarquista também fomos em tempo integral. Costurava bandeiras ao invés de integrar o batalhão de frente do qual, a essa altura, já estava cansado. Ao todo costurei, não sem algum talento, mais de quinhentas peças, e falava-se por toda a Europa dos floreios característicos que eu impunha aos brasões reais, especialmente aqueles adornados por aves de rapina.

Liberal, comunista, fascista, ambientalista, anarcossindicalista, protestante, ateu, virgem... Fomos de tudo.

Trabalhei para Franco na Espanha, sendo ali agente duplo: enquanto comandava com rigor uma divisão policial em Huesca, contrabandeava informação privilegiada para Picasso sob a jura, não cumprida, de que meu nome figuraria nas suas obras posteriores. Estive com Hitler por pouco tempo e o preteri a favor de Mussolini, a quem servi com especial afinco. Com o malfadado fim dos dois, liberei-me sem mais problemas dos tribunais e ingressei triunfante na União Soviética. Em Petersburgo, dei meu par de botas para um rapaz estudante. Passei o inverno descalço e fui mais socialista que o Rei. Voltei às fileiras mais avançadas e conheci Makhno na Ucrânia, enquanto entrávamos em Alexandrovsk demolindo prisões, quase de mãos dadas, tal o grau de solidariedade. Acabei indo atrás de Tito e me perdi entre a Rússia e a Iugoslávia.

Durante minha estada na Alemanha cinza, me aproximei de Hermann Göring, com quem, pela primeira vez, experimentamos o fascínio do suicídio como filosofia. Göring, profundo amante da não vida, iniciou-me nas facetas múltiplas da alquimia suicida. Em troca contrabandeei pessoalmente a caneta tinteiro benzida com cianureto para dentro de sua cela quando de seu julgamento no tribunal de Nuremberg. No fim, enforcado por crime de lesa-pátria, decidi migrar e fui parar nos Estados Unidos. É quando começa o relato de nossa penúltima vida, uma das mais longevas e, acredito, de maior destaque. Demorei para colocá-la em palavras.

O corpo, consegui por acaso. Sofri um acidente violento enquanto dirigia uma carreta com meu corpo anterior de orgulhoso imigrante austríaco trabalhador e meio vesgo. No hospital, agonizante, dividi o quarto com Jones, um garoto de sete anos, também terminal. Após me assegurar, por subterfúgios inexplicáveis, de que Jones tinha a posse de meus escritos, relaxei e deixei seguir o curso, agora para mim totalmente natural, das coisas.

Acordei no franzino corpo juvenil, sacudido pelas mãos calosas de minha nova mãe, que, descobri mais tarde, era uma indígena Cherokee. A falta de memória foi tratada nos anos seguintes com altas doses de carinho e afeto. Aos doze anos, vivendo em Portland, vendia macacos importados da Ásia e da América do Sul. Calculei-me um excelente vendedor, dono de uma retórica explosiva, e fundei minha própria religião, a qual dei o nome de Templo do Povo. Fiz fortuna, cultivei poder e arregimentei um clã fervoroso. Por volta de 1973, fundei uma gravadora com foco na igualdade racial, uma organização subsidiária da igreja que passou a gravar e vender música produzida pelo Grande Coro Inter-Racial e Orquestra dos Jovens do Templo do Povo. Doei dinheiro para Angela Davis e para a National Association for the Advancement of Colored People. Estive presente na posse de Jimmy Carter, junto de meus fiéis e assistentes. Eu tinha meu peso na comunidade e era útil. Tinham admiração por mim. Distribui benesses a torto e a direito, sem qualquer ideia de reembolso futuro. Que importância tinha se eu aparecia em comícios cercado de guarda-costas, assistentes e advogados? Quanto às curas pela fé e aos sermões de um dia de duração — não eram tradições do Meio-Oeste de qualquer forma?

Certo dia tive uma visão muito pessoal de um holocausto nuclear iminente que envenenaria o mundo. No dia seguinte, abri a Esquire e dei de cara com um anúncio sobre "Os dez lugares mais seguros de refúgio em caso de ataque nuclear". Fugi da hecatombe apocalíptica que certamente me levaria muito mais do que cem reses de meu rebanho e cheguei na Guiana Britânica.

O episódio na selva latino-americana, perdoe-me, tiro de cena por vontade própria, não há nada ali que, creio, desejamos reter em nossa memória. Tudo o que precisamos saber, para a supressão do ocorrido não virar algum câncer mal resolvido no estômago, foi que tudo deu errado. Ali conheci meu futuro corpo na forma de um expedicionário um tanto quanto desfavorecido intelectualmente que já atendia pelo nome de Baltazar. (No fim, para conseguir sair daquele inferno verde, tive que usar o passaporte que tinha em mãos e acabei assimilando o nome.).

Às pressas, em meio a um torvelinho de acontecimentos delirantes, enchi uma maleta com dinheiro e estes papéis, me juntei aos expedicionários remanescentes e nos suicidamos juntos. Quando me dei conta, já era Baltazar, chafurdando na selva profunda, em fuga desenfreada, com uma maleta cheia da grana e uma história maluca embaixo do braço. No aeroporto de Georgetown, conheci Dália — Ah, Dália! Falei tão pouco de ti... — e nos atiramos em um interior de mundo qualquer, praticando medicina em alta performance. (Ela era enfermeira.)

É dessa época a gênese do Clube, um experimento altamente pretensioso que nos foi sugerido por Dália e posto em prática com esmero. Aqui também não entrarei em detalhes, são inúteis e desagradáveis, só aviso que a coisa ganhou razoáveis proporções e prestígio, mas, se posso lhe aconselhar, não busque retomar esse vínculo, dali já tiramos tudo o que podíamos tirar, acredite. Com o dinheiro, fiz fortuna investindo em fundos de pensão, o que me proporcionou anos de uma vida abastada e, no fim, relativamente entediante. Importante saber que desse dinheiro já nada lhe pertence. Foi uma escolha consciente e deliberada, não a lamente.

Em suma, acho que posso afirmar que o panorama geral é mais ou menos esse. Talvez tenha esquecido algum incidente de menor importância nas Maldivas, ou junto a Solano no Paraguai, ou durante o período do Khmer Vermelho ou até mesmo uma ou outra passagem como jogador de pôquer ou jóquei de pouco brilho. Quanto ao nosso novo corpo, não há nada de importante a mencionar. Tens vitalidade de sobra e uma sagacidade que espero que resista ao processo —seria muito útil. No mais, deixo para o fim uma informação importante: nosso novo nome, se desejar se poupar das burocracias estatais e manter o atual, é Corina. Esqueci, por conveniência ou relapso, de me inteirar do sobrenome. De todo modo, de uma família é o que menos precisamos agora. Divirta-se!

Obs: Passar a limpo os escritos, principalmente os iniciais, que já quase se desfazem na mão. Sondar as opções digitais disponíveis.

* * *

NOTA FINAL

No dia da morte de Göring, em 1946, completávamos 332 anos de eternidade. Agora, como Corina, somamos 406 anos e 52 vidas diferentes.

FIM

*

* *

BRUNO LAET

nasceu em 1986, em Bragança Paulista. Formado em Cinema, roteirizou, dirigiu e produziu diversos curtas, longas e séries. É co-roteirista junto com Ruy Guerra e Diogo Oliveira no longa-metragem *Quase memória*, ganhador do prêmio especial do júri no Festival do Rio 2015. Dirigiu, também em parceria com Diogo Oliveira, o filme *O homem que matou John Wayne*, cuja estreia ocorreu no festival de Havana de 2015.

Chuva oblíqua é seu primeiro livro.

FOTO DO AUTOR: NATHALIE PÉRISSÉ WISBECK

este livro foi editado

no outono

de 2022